Andreas Schlüter · Irene Margil

Freiwurf

STECKBRIEF

Michael: Athlet

Alter:
12 Jahre

Nation:
USA

Geschwister:
keine

Hobby:
Krafttraining

Lieblingsfarbe:
gold

Sternzeichen:
Widder

Schwäche:
protzt manchmal mit seinen Muskeln

Stärke:
meistens schnell im Handeln

Motto:
„Köpfchen allein genügt nicht. Kraft gehört dazu!"

Lieblingsfächer:
gibt es nicht!

Berufswunsch:
Sport-Animateur, Fitnesstrainer

S

Geschwister:
Schwester Huong

Hobby:
Pflanzen, Bons

Lieblingsfarbe:
grün

Sternzeichen:
Löwe

Schwäche:
manchmal gef

Stärke:
ruhig und a

Motto:
„Es gibt i

Lieblingsfäch
Biologie,

Berufswuns
Richteri

STECKBRIE

Jabali: Läufer

Alter:
12 Jahre

Nation:
Südafrika

Geschwister:
Bruder Rasul, 6 Jahre

Hobby:
Eisherstellung

Lieblingsfarbe:
täglich wechselnd

Sternzeichen:
Waage

Schwäche:
ist manchmal lieber allein

Stärke:
ausdauernd, geduldig

Motto:
„Nicht weglaufen, sondern hinlaufen!"

Lieblingsfächer:
Mathematik

Berufswunsch:
Sportwissenschaftler

CKBRIEF

: Kämpferin

ahre
: Deutschland, ihre
rn kommen aus Vietnam

ahre

Blumen

 wie eine Giftschlange

chen

einen Weg."

ers: Pflanzenkunde

STECKBRIEF

Ilka: Schwimmerin

Alter:
12 Jahre

Nation: Australien, die Eltern kommen aus Deutschland

Geschwister:
keine

Hobby:
Zierfische, Salzwasseraquarium

Lieblingsfarbe:
türkisblau

Sternzeichen:
Skorpion

Schwäche:
hasst ihre Sommersprossen

Stärke:
unternehmungslustig, zuverlässig

Motto:
„Achte jedes Tierchen!"

Lieblingsfächer:
Physik, Chemie, Biologie

Berufswunsch:
Meeresbiologin oder Sportärztin

STECKBRI

Lennart: Ballkünstler

Alter:
12 Jahre

Nation:
Deutschland

Geschwister:
keine

Hobby:
Jonglieren und Bällesammeln

Lieblingsfarbe:
Linhs Augenfarbe

Sternzeichen:
Schütze

Schwäche:
manchmal hektisch und nervös

Stärke:
lebendig, kommunikativ

Motto:
„Erst zielen, dann handeln."

Lieblingsfächer:
Englisch, Deutsch

Berufswunsch:
Dolmetscher

© privat

Andreas Schlüter, geboren 1958, ist einer der erfolgreichsten Kinder- und Jugendbuchautoren der letzten Jahre. Gleich sein erstes Buch ›Level 4 – Die Stadt der Kinder‹ wurde ein Bestseller. Neben den zahlreichen ›Level 4‹-Bänden sind auch seine ›Heiße Spur ...‹-Abenteuer um Marion und das sprechende Chamäleon bei dtv junior im Taschenbuch lieferbar.
Zusätzliche Informationen über Andreas Schlüter und seine Bücher stehen unter www.aschlueter.de und www.fuenf-asse.de zur Verfügung.

© Iris Hogreve

Irene Margil, geboren 1962, entdeckte im Alter von 9 Jahren zwei Leidenschaften: das Fotografieren und den Sport. Das Fotografieren machte sie zu ihrem Beruf, den sie bis heute in Hamburg ausübt. Basketball, Skifahren, später Wen-Do und Karate waren ihre bevorzugten Sportarten, bis sie mit 33 Jahren das Laufen entdeckte. Sie läuft Halbmarathon und Marathon. Daneben ist Irene Margil ausgebildete Lauftherapeutin und Nordic-Walking-Trainerin. ›Fünf Asse‹ ist ihr erstes gemeinsames Buchprojekt mit Andreas Schlüter bei dtv junior.
Zusätzliche Informationen über Irene Margil und ihre Bücher unter www.irenemargil.de.

Andreas Schlüter · Irene Margil

Freiwurf

Fünf Asse

Sport-Krimi

Mit einem Daumenkino
von Karoline Kehr

Deutscher Taschenbuch Verlag

In der Reihe ›Fünf Asse‹ sind außerdem lieferbar:
Startschuss (Mini-Olympiade),
Schulterwurf (Judo)
Schmetterball (Tischtennis)
Fehltritt (Klettern)
Abgetaucht (Schwimmen)
Ausreißer (Radfahren)
Spielmacher (Basketball)
Pistenjagd (Skifahren)
Fallrückzieher (Fußball)
Doppeltreffer (Fechten)
Stromschnelle (Kajak- und Kanufahren)

Originalausgabe

Umschlagkonzept: Karoline Kehr
Umschlagbild: Karoline Kehr
Lektorat: Anke Thiemann
Gesetzt aus der Lucida Sans 11/14,5'
Gesamtherstellung: Druckerei C. H. Beck, Nördlingen
Gedruckt auf säurefreiem, chlorfrei gebleichtem Papier
Printed in Germany · ISBN 978-3-423-71414-3

Ein besonderes Projekt

Michael war gar nicht wohl in seiner Haut. Unruhig trat er von einem Fuß auf den anderen, hielt seine Hände mal verschränkt vor der Brust, dann legte er sie brav hinter den Rücken und im nächsten Moment stützte er sie in die Hüften. Er konnte vor lauter Nervosität einfach nicht still stehen. Unsicher schaute er abwechselnd nach links zu Lennart und Ilka, und nach rechts zu Jabali und Linh.

»Ob das so eine gute Idee war?«, murmelte er leise, aber laut genug, dass Linh es auch ganz außen in der Reihe hören konnte. Sie beugte sich ein wenig vor, wandte den Kopf zu Michael und schaute ihn böse an.

Lennart stieß Michael in die Seite. »Pst! Natürlich war das eine gute Idee! Achtung, sie kommen.«

Die Fünf Asse gehörten zum Empfangskomitee für eine ganz besondere Gruppe. Die Tür der Aula

öffnete sich, Direktor Stölzer betrat die Halle und hinter ihm ...

Michaels ganze Anspannung verflog wie die Luft aus einem kaputten Ballon. Und so klang es auch.

»Pfffffft.« Er verzog das Gesicht. »Nur die Grünheimer!«

In der Tat stolzierten direkt hinter dem Schuldirektor fünf Grünheimer Schüler her, angeführt von Michaels größtem Konkurrenten und Widersacher, seinem ewigen persönlichen Erzfeind: Tom. Hinter den Grünheimern erschien deren Direktor. Er wies seine Schüler an, sich in einer Reihe aufzustellen: direkt neben den Fünf Assen!

»Och nee!«, muffelte Michael.

Auch Tom gefiel der angewiesene Platz nicht besonders. Er blieb stehen, wollte eine Diskussion mit seinem Direktor beginnen, doch der ließ sich auf keine Debatten ein. Die Grünheimer mussten neben die Fünf Asse. Unterdessen gingen die beiden Schulleiter nach vorn zum Rednerpult.

Die Grünheimer aber reihten sich nicht einfach neben den Fünf Assen auf. Nein, Tom führte sein Gefolge dicht an den Nasen der Fünf Asse vorbei, um sich möglichst nah am Rednerpult aufzustellen. Tom ging dabei absichtlich so nah an Michael vorbei, dass er ihm auf den Fuß trat.

Sofort brannte bei Michael eine Sicherung durch. Mit einem kräftigen Schubser stieß er Tom von sich fort. »Bist du behämmert?«, zischte er ihn an.

Tom stolperte gegen die erste Stuhlreihe, wo zum Glück noch niemand saß. Gerade noch rechtzeitig fing er sich an einem Stuhl ab, wandte sich zum Gegenangriff um und stürmte auf Michael los. In Sekundenbruchteilen waren die Streithähne ineinander verkeilt.

»Verdammt!«, fluchte Linh und ging sofort dazwischen. Auch Lennart und Jabali versuchten, die beiden auseinanderzuziehen.

Zu spät. Die Direktoren hatten den Kampf schon bemerkt.

»Was ist denn da los!«, schimpfte Direktor Stölzer. »Sofort aufhören!«

Lennart bekam jetzt Michael zu fassen und Jabali zog Tom beiseite.

»Er ist mir absichtlich auf den Fuß gelatscht!«, beschwerte sich Michael.

»Gar nicht wahr!«, verteidigte sich Tom.

»Ich will nichts hören!«, befahl Direktor Stölzer mit scharfem Ton. »Könnt ihr euch nicht ein Mal benehmen?«

»Das finde ich aber auch!«, giftete Linh Michael leise an. »Das ist ja echt peinlich!«

»Pfffft!«, machte Michael wieder.

Schon kam ihre Klassenlehrerin, Frau Kick, herangerauscht, schob Michael zurück in seine Reihe, platzierte die Grünheimer daneben und stellte sich genau dazwischen. Links von ihr nun die Fünf Asse, rechts von ihr die fünf Grünheimer.

»Und wenn ich jetzt noch ein Wort höre, gibt es eine Woche Matheaufgaben statt Sport!«, flüsterte sie. »Haben wir uns verstanden?«

»Pffffft!«, wiederholte Michael zum dritten Mal. Niemals würde er sich von Tom absichtlich treten lassen. Und wenn sich alle Lehrkräfte der ganzen Welt gegen ihn verschworen. Wenn Tom das noch mal wagte, würde er ihm eine verpassen. Fertig. Michael war ja gleich dagegen gewesen, gemeinsame Sache mit den Grünheimern zu machen. So etwas konnte gar nicht gut gehen. Aber Linh und die anderen hatten ihn mal wieder überredet. Okay, das Projekt an sich fand er ja auch in Ordnung. Blöd fand er nur, dass sie keine Wahl hatten: entweder mit den Grünheimern oder gar nicht. Pure Erpressung so etwas! Das war jedenfalls Michaels Meinung. Aber auf ihn hatte ja mal wieder niemand gehört.

Erneut öffnete sich die Tür der Aula und die erwarteten Gäste trafen ein. Nun hatte Michael gar keine Zeit mehr gehabt, nervös zu sein. Als Erstes fuhren fünf Rollstuhlfahrer in die Aula hinein. Drei selbstständig, zwei wurden geschoben, was bei Michael sofort nächste Zweifel hervorrief. Wie sollten die beiden denn Handball spielen, wenn sie nicht einmal allein mit ihren Rollstühlen fahren konnten? Überhaupt konnte sich Michael bislang nur sehr schwer vorstellen, wie eine ganze Mannschaft mit behinderten Kindern Handball spielen sollte. Er hatte das noch nie zuvor gesehen. Und jetzt sollte er sie sogar trainieren! Aber Linh hatte ihm prophezeit, dass er sich noch wundern werde.

Na ja, zunächst wunderte er sich darüber, dass zwei Rollstuhlfahrer geschoben werden mussten. Michael hoffte, dass die beiden zu der Mannschaft gehörten, die Tom und die Grünheimer betreuen mussten. Denn genau darin bestand das gemeinsame Projekt: Vor einem Monat war in der unmittelbaren Nachbarschaft eine neue integrative Schule eröffnet worden, also eine Schule, in der Behinderte und Nichtbehinderte gemeinsam lernten. Direktor Stölzer dachte langfristig darüber nach, auch seine James-Connolly-Schule mit dem Schwerpunkt Leis-

tungssport für Schüler mit Behinderungen zu öffnen, um sie frühzeitig für die Teilnahme an den Paralympics vorzubereiten. Aber noch konnte die Schule eine ganze Reihe von Voraussetzungen dafür nicht erfüllen. Und so hatte Herr Direktor Stölzer die Gelegenheit genutzt, der neuen Schule eine Patenschaft anzubieten. Die erste Aktion dazu bestand nun in einem großen Handball-Turnier für behinderte Schüler, das die James-Connolly-Schule gemeinsam mit der Grünheimer Sportschule ausrichtete und zu dem auch Mannschaften anderer integrativer Schulen eingeladen worden waren. Beide Sportschulen übernahmen für je eine Mannschaft die Patenschaft, was bedeutete, dass sie sich um deren Training kümmerten und das Turnier organisierten. Die einen Paten waren die Fünf Asse, die anderen Tom und seine Crew.

Das Eröffnungsspiel des Turniers würden die James-Connolly-Schule und die Grünheimer mit ihren Schulmannschaften – ohne behinderte Mitschüler – bestreiten. Ein Spiel mit hohem Prestigewert, das natürlich keine von beiden Seiten verlieren wollte.

Die kleine Veranstaltung heute in der Aula diente dem offiziellen Beginn der Patenschaften und dazu, dass sich alle kennenlernten.

Die Rollis fuhren an den Fünf Assen vorbei und

Michael bemerkte, dass es ihm schwerfiel, das Alter der Schüler zu schätzen. Ursprünglich hatte er gedacht, sie wären alle in seinem Alter, aber ganz offenbar unterschied sich das Alter der einzelnen Schüler um Jahre. Den Rollis folgten zwei Jungs mit Downsyndrom.*

Der eine von ihnen scherte aus der Gruppe aus und marschierte schnurstracks auf Michael zu, streichelte ihm über die Wange und sagte: »Nicht hauen!«

»Was?« Michael zuckte erschrocken zurück. Er wusste überhaupt nicht, wie ihm geschah.

Lennart neben ihm kicherte und feixte, während Ilka erklärte: »Offenbar hat er gerade mitbekommen, wie du auf Tom losgegangen bist.«

»Der ist mir auf den Fuß getreten!«, verteidigte sich Michael verdutzt.

* Menschen mit Downsyndrom brauchen oft etwas länger, um sprechen oder schreiben zu lernen. Einige können aufgrund der Behinderung nicht richtig sprechen, andere hingegen sind weniger eingeschränkt und können nach dem Schulbesuch Berufe erlernen. Viele Menschen mit Downsyndrom können Rad fahren, schwimmen oder selbstständig einkaufen – nur brauchen sie aufgrund ihrer Behinderung meist etwas länger, um die Tätigkeiten gut zu beherrschen.

»Nicht treten!«, sagte der Junge.

»Hä?«, entfuhr es Michael und er begann zu stottern: »Ich ... äh ... also ... hä?«

Frau Kick nahm die Hand des Jungen aus Michaels Gesicht.

»Ja, ist gut. Michael wird nicht mehr hauen. Nicht wahr, Michael?« Dann führte sie den Jungen wieder zurück zu den anderen, die sich gerade Plätze in der ersten Reihe suchten.

Michaels Kopf war rot angelaufen. Lennart kicherte noch immer. Und Jabali bemerkte schmunzelnd: »Ich frage mich, wer da künftig auf wen aufpasst!«

»Haltet bloß die Klappe!«, warnte Michael. Er war voll und ganz bedient, zumal er sah, wie sich auch Tom köstlich über diese Aktion amüsierte.

»Der kommt zu den Grünheimern!«, murmelte Michael. So viel stand mal fest. Doch da trat schon der nächste Junge auf sie zu. Michael machte sofort einen Schritt rückwärts. Der Junge, der durch Millionen Sommersprossen im Gesicht und seine leuchtend roten Haare auffiel, schritt die Reihe der Fünf Asse ab und drückte jedem von ihnen einen kleinen Zettel in die Hand. Während die Asse draufschauten, verteilte der Junge weitere Zettel an die Grünheimer.

»Sonne!«, sagte er dabei jedes Mal. »Schöne Sonne!«

Linh warf einen Blick darauf. Offenbar hatte der Junge zur Begrüßung jedem seiner Paten eine eigene Sonne gemalt.

»Oh, wie schön!«, freute sich Linh. Sie liebte Sonnenblumen über alles. Und ausgerechnet ihre Sonne glich auf verblüffende Weise einer Sonnenblume. Sie lief dem Jungen nach, um sich ausdrücklich bei ihm zu bedanken.

»Ich liebe auch die Sonne!«, sagte sie.

Jetzt strahlte das Gesicht des Jungen selbst wie eine Sonne.

»Schwein gehabt, dass der keinen Regen mag«, lästerte Michael leise. »Dann wäre er vermutlich mit ’ner Wasserpistole hier angekommen!«

Michael knüllte seine Sonne in seine Hosentasche. Linh hielt ihre Sonne in der Hand und drückte sie an ihr Herz. Auch Ilka liebte die Sonne, obwohl sie mit ihrer blassen Haut vermutlich genauso wenig davon vertrug wie der rothaarige Junge. Sie pinnte sich die Sonne mit der Nadel ihres Schwimmvereins an ihre Trainingsjacke. Jabali hatte kurz vor dieser Veranstaltung noch einen kleinen Dauerlauf absolviert, wäre fast zu spät gekommen und stand deshalb nur in Laufkleidung da. Er wusste nicht, wohin er seine

Sonne stecken sollte. Er überlegte ein wenig, dann spuckte er auf die Rückseite des Papiers und klebte sich die Sonne einfach an die Wange.

Der Junge sah das, lächelte Jabali zufrieden an und machte das Gleiche mit einer Sonne, die er noch übrig hatte.

»Wir gehören schon mal zusammen!«, stellte Jabali klar.

Und dann entdeckte Michael noch jemanden in dem Pulk der Behinderten: ein wunderschönes Mädchen. Ihre langen braunen Haare wellten sich auf den schmalen Schultern, ihre grünen Augen beobachteten scharf und wach alles, was sich in der Aula tat. Michael hatte das Gefühl, dass dem Mädchen selbst die kleinste Bewegung in diesem Raum nicht entgehen würde – empfindlicher als der sensibelste Bewegungsmelder. Sie hatte eine schlanke, sportliche Figur, lange Beine und lächelte Michael, als sie seinen Blick bemerkte, strahlend an.

»Wow!«, entfuhr es Michael. »Gehört die etwa auch dazu?«

»Scheint so!«, flüsterte Jabali ihm zu.

So sehr Michael sich auch anstrengte, er konnte an dem Mädchen nicht die geringste Behinderung erkennen. Bis sie sich setzte. Dabei rutschten ihre Hosenbeine ein wenig hoch und Michael sah etwas, das ihm fast das Herz stehen bleiben ließ: Das Mädchen hatte überhaupt keine Beine, sondern trug zwei Metallprothesen!

Beine wie ein Roboter, schoss es Michael durch den Kopf. Und er verstand: Da es sich um eine integrative Schule handelte, konnte das Mädchen natürlich ganz normal mit den nicht-behinderten Schülern lernen. Nur im Sport gehörte sie zu den Schülern mit Behinderung. Genau wie einige Rollstuhlfahrer. Andere Schüler hatten unübersehbar geistige Behinderungen. Michael wurde klar, dass die Aufgabe, diese ganzen unterschiedlichen Schüler in einer Mannschaft zu vereinen, gar nicht so leicht werden würde. Er wusste nur eines: Das Mädchen ohne Beine gehörte unbedingt in seine Mannschaft!

Das erste Training

Jabali stand neben dem Handballtor, hatte die Arme vor der Brust verschränkt und schüttelte bockig den Kopf. »Das mache ich nicht!«

Nicht nur Michael und Lennart hatten sich vor ihm aufgebaut, sondern die gesamte Mannschaft, also auch noch Torben, Cem, Johannes und Sven.

»Wir haben keinen Torwart«, rief Michael Jabali noch mal in Erinnerung. José, der sonst im Tor der Handballmannschaft ihres Jahrgangs stand, hatte sich beim Basketball die Hand verstaucht und fiel aus. Jamie, der neue Super-Basketballer, interessierte sich seltsamerweise nicht für Handball. Lennart wurde im Feld als Spielmacher benötigt. Und Michael war mit seiner Kraft sowohl als Kreisläufer als auch als Werfer aus der zweiten Reihe zu wertvoll, um im Tor zu stehen. Alle anderen hatten sich schon bereitwillig als Torhüter probiert, aber jeder hatte sofort gesehen: Keiner von ihnen reichte auch nur annähernd an Josés Leistungen heran. Jetzt stand nur noch der Test von Jabalis Torhüterqualitäten aus.

»Ich lass mir doch nicht den harten Ball in die Schnauze werfen!«, stellte Jabali klar und unterstrich seine Entscheidung demonstrativ, indem er sich mit dem Zeigefinger an die Stirn tippte.

»Memme!«, beschimpfte Michael ihn.

»Lieber Memme als blaues Auge!«, konterte Jabali.

»Mann, Alter!«, blaffte nun auch Cem los. »Wir haben das alle probiert. Also los!«

Cem wartete eine Antwort gar nicht erst ab, sondern schob Jabali einfach ins Tor.

Jabali ließ es mit sich geschehen, wenn auch widerwillig.

Michael zwinkerte Cem zu: »Gut gemacht.«

Entlang der Kreislinie stellte sich die Mannschaft auf, jeder von ihnen mit einem Ball in der Hand, um Jabali als Torhüter zu testen.

Jabali aber zeigte immer noch keine Bereitschaft, das Spielchen mitzumachen. Lustlos stand er im Tor, ließ die Schultern hängen und die Arme schlaff am Körper baumeln.

»So bringt das nichts!«, maulte Cem.

Michael grinste ihn an. »Abwarten!« Mit einem scharfen Wurf zielte er absichtlich genau auf Jabalis

Kopf. Dem blieb nun gar nichts anderes übrig, als mit einem blitzartigen Reflex seine Hände hochzureißen, um sein Gesicht zu schützen. Der Ball prallte von seinen Händen ab und flog weit ins Aus.

Die ganze Mannschaft spendete Beifall für diese unfreiwillige Parade.

»Super!«, lobte Lennart. »Spitzenmäßiger Reflex!«

Jabali kam nicht dazu, irgendetwas zu erwidern. Denn Lennart feuerte den nächsten Wurf ab. Wieder musste Jabali reagieren, um sich zu schützen. Erneut gelang es.

»Mann!«, schimpfte er in den Beifall hinein. »Nicht immer aufs Gesi. . .!«

Zack! Der nächste Wurf. Diesmal von Cem. Wieder genau auf den Kopf gezielt. Diesmal wehrte Jabali das Geschoss nicht einfach nur ab, sondern fing den Ball und warf ihn wütend mit voller Wucht zu Cem zurück. Das erinnerte mehr an Völkerball als an Handball.

Cem fing den Ball und grinste dabei. Ihr Konzept ging auf. Kaum war Jabali den Ball wieder los, feuerte Torben seinen Ball ab. Diesmal aber nicht aufs Gesicht, sondern er peilte das untere rechte Eck des Tores an. Jabali reagierte wieder reflexartig und wehrte den Wurf mit dem Fuß ab. Anschließend warfen noch Johannes und Sven, dann wieder

Lennart mit einem Rückhandwurf und Michael mit einem verdeckten Wurf aus dem Handgelenk. Cem versuchte es sogar mit einem Sprungwurf.

Jabali hielt alles.

»Fantastisch!«, schwärmte Lennart. »Keiner hat so gut gehalten wie du, Jabali! Das war ja fast noch besser als José!«

Michael stimmte ihm zu. »Keine Frage, Jabali. Du bist unser neuer Torhüter!«

Jabali schaute seine Mannschaftskollegen mit süßsaurer Miene an. Er wusste nicht, ob er sich über das dicke Lob und den großen Beifall seiner Mannschaft freuen oder sich über die Entscheidung ärgern sollte.

Bevor er weiter darüber nachdenken konnte, stand plötzlich Benni neben ihm, einer der Jungs mit Downsyndrom aus der integrativen Schule. Begeistert klatschte auch er Beifall: »Das will ich auch!«, rief er in die Runde. »Torwart sein. Wie Tschabli!«

»Jabali!«, verbesserte Jabali.

»Ja!«, lachte Benni ihn an. »Tschabli!«

Die ganze Mannschaft lachte.

Michael, Lennart und Cem klatschten die Hände

aneinander und gaben sich »five«. Mit ihrem Trick, Jabali zu überreden, hatten sie auf einen Schlag gleich zwei Torhüter gefunden.

Hinter Benni kamen auch die anderen aus der Mannschaft der integrativen Schule, die von den Fünf Assen betreut werden sollten. Auch das Mädchen ohne Beine. Michael dankte innerlich dem Himmel dafür, dass die integrativen Schulen mit gemischten Mannschaften spielten, also Jungs und Mädchen zusammen, und nicht – wie seine Schule und die der Grünheimer – getrennt.

»Hey Michael!«, rief Cem und warf Michael den Ball zu.

Michael aber hörte nicht. Er hatte nur Augen für das beinlose Mädchen.

Und – pong! – knallte der Ball Michael voll vor den Kopf. Es war, als hätte Cem ihn direkt von Wolke sieben geballert. Michael erschrak, jaulte auf, hielt sich die schmerzende Schläfe und schaute sich um, wer den Ball geworfen hatte.

»'tschuldigung, Mann!«, rief Cem. »Ich hab noch extra gerufen!«

»Du kannst gleich 'nen Arzt rufen, du Schwachkopf!«, fuhr ihn Michael an. Ansatzlos feuerte er den Ball zurück. Doch Cems Reflexe funktionierten hervorragend. Schnell zog er den Kopf ein. Der Ball flog über ihn hinweg und sauste direkt auf das

Mädchen zu. Michael hielt den Atem an, als er bemerkte, dass das Mädchen gerade woanders hinschaute. Doch dann drehte sie sich um, sah den Ball auf sich zukommen, riss die Hände hoch – und fing den Ball auf!

»Wow!«, staunte Michael. Er kannte nicht viele, die diesen Ball noch bekommen hätten. Anerkennend spendete er Beifall.

»Wolltest du mich abwerfen?«, fragte das Mädchen und schaute Michael böse an.

»Nein, nein!«, stotterte Michael verlegen. Wie konnte das Mädchen nur auf solch einen Gedanken kommen? »Cem war nur zu blöd, den Ball zu fangen!«

»Was?«, empörte sich Cem.

Das Mädchen lächelte. Michael atmete innerlich erleichtert auf.

»Soso!«, sagte das Mädchen. Sie ging ein paar Schritte weiter, immer noch mit dem Ball in der Hand, und tat so, als würde sie sich gar nicht mehr für Michael, Cem oder sonst wen auf dem Spielfeld interessieren.

Michael zog die Schultern hoch. Er war ratlos, was das Verhalten des Mädchens wohl zu bedeuten

hatte. Gerade wollte er sich umdrehen und sich wieder dem Training widmen, als der Ball urplötzlich mit der Geschwindigkeit einer Gewehrkugel auf ihn zugeschossen kam. Im letzten Moment konnte Michael noch den Kopf wegziehen.

Das Mädchen hatte mit einer Wucht geworfen, wie Michael es bei einem Mädchen noch nie erlebt hatte. Wo nahm dieses zarte, schlanke Geschöpf nur diese Kraft her?, wunderte er sich.

»Glaub nicht, weil ich keine Beine mehr hab, wäre ich blöd!«, zischte das Mädchen Michael zu.

»Aber ich ...«, stotterte Michael wieder.

»Niemand von uns ist blöd, kapiert?«, schnauzte das Mädchen ihn weiter an.

»Hab ich doch gar nicht gesagt!«, verteidigte sich Michael.

»Dann ist es ja gut«, stellte das Mädchen klar.

Sie schaute in die Runde der verblüfften Gesichter von Michaels Mannschaft und stellte sich vor: »Ich bin Rianna! Wann beginnen wir mit dem Training?«

Fünf Asse und »Die Sieben Helden«

Michael seufzte erleichtert, als er Ilka und Linh zur Tür hereinkommen sah. Irgendwie hatte er die erste Begegnung mit den Schülern der integrativen Schule vermasselt – vor allem mit Rianna, dem schönen Mädchen. Er wusste selbst nicht, wie das hatte passieren können. Gern hätte er sich ihr gegenüber von seiner besten Seite gezeigt. Und nun dachte sie, er wäre ein Blödmann, der sie mit dem Ball hatte treffen wollen. Michael hoffte, dass Linh und Ilka ihr irgendwie klarmachen würden, dass er doch eigentlich ein total netter Typ war.

»Hallo!«, begrüßte er Linh und Ilka deshalb übertrieben freundlich, sodass die beiden Mädchen gleich merkten: Irgendetwas war vorgefallen.

»Hast du etwas angestellt?«, fragte Ilka dann auch sofort misstrauisch.

Michael schüttelte den Kopf. Was hatten denn heute bloß alle? »Nein!«, antwortete er entschieden.

»Und?«, wandte sich Linh an Lennart. »Sind schon alle da?«

Lennart wusste, Linh meinte die Spieler der integrativen Schule. Er warf Rianna einen fragenden Blick zu. »Wie viele von euch kommen?«

Rianna zeigte mit den Händen an: Sieben! »Wir sind vollzählig.«

»Keine Ersatzspieler?«, wunderte sich Michael.

»Wozu?«, fragte Rianna in provozierendem Ton.

»Na ja, falls sich einer verletzt!«, erklärte Michael.

Rianna sah ihn spöttisch an, zog ihre lange Sporthose ein wenig hoch, sodass ihre Prothesen sichtbar wurden. »Du meinst, falls einer humpelt, oder wie?«

Michael klappte die Kinnlade herunter. Ihm blieben die Worte im Halse stecken. Natürlich konnten sich auch behinderte Spieler verletzen, aber offenbar legte Rianna es darauf an, sich mit Michael zu streiten.

Linh kannte die wirkliche Antwort. Integrative Schule bedeutete, dass eine Handvoll Behinderter gemeinsam mit Nichtbehinderten lernten. Sprich: Mehr als diese sieben gab es gar nicht. Die integrative Schule hatte alle aufgeboten, die auch nur halbwegs Handball spielen konnten.

»Die Glorreichen Sieben«, schmunzelte Ilka. »Das

ist ein uralter Westernfilm, den hat mein Opa. Noch auf Videoband.«

»Die sieben hier werden unsere Helden!«, flüsterte Linh zurück.

»Oh ja. Die Sieben Helden! Auch kein schlechter Mannschaftsname, oder?«, grinste Ilka.

»Ich spiele Tor!«, rief Benni begeistert. »Wie Tschabli!«

Jabali rollte entnervt die Augen.

Benni stellte sich schon ins Tor.

Lennart kicherte.

Und Michael rief: »Aber nicht in den Klamotten!«

Benni sah an sich herunter. Er trug eine dicke dunkelbraune Cordhose zu braunen Wanderstiefeln. An seiner wattierten, ebenfalls braunen Winterjacke hatte er den Reißverschluss so weit hochgezogen, wie es sein karierter Schal zuließ. Zu allem trug er auch noch rote, gestrickte Fäustlinge an den Händen.

»Macht ihr Unterricht draußen am Nordpol?«, fragte Michael. »So mummelt sich Jabali nicht mal im Winter ein wie Benni im Herbst!«

»Wie Tschabli!«, freute sich Benni.

Jabali hatte nun die Nase voll. »Nix wie Tschabli, Börni! Du brauchst Sportzeug!«

Er zeigte Benni, was er meinte, indem er seitlich an seiner kurzen Sporthose zupfte.

Benni erstarrte und blickte Jabali entsetzt an.

Jabali dachte schon, mit seiner Sporthose stimme irgendetwas nicht. »Was hat er?«, fragte er verwundert.

Rianna erklärte es ihm: »Es ist sein Lieblingszeug. Er zieht es nie aus!«

»Nie?«, fragte Jabali nach.

»Na ja«, räumte Rianna ein. »Nachts wohl schon, nehme ich an. Aber ich habe ihn noch nie in anderen Klamotten gesehen.«

Auch Linh und Ilka konnten nicht so recht glauben, was Rianna ihnen da erzählte.

»Aber das Zeug muss doch mal gewaschen werden?«, fragte Linh.

»Vielleicht am Wochenende«, vermutete Rianna. »Wie gesagt, er trägt es immer. Und ich kann euch nur raten, nicht zu versuchen, es ihm auszuziehen!«

Jabali kratzte sich ratlos am Kopf. Er konnte sich nur schwer vorstellen, wie jemand Handball in Wanderstiefeln, Winterjacke und Cordhose spielen wollte.

Lennart unternahm noch einen Versuch, indem

er Jabali zu sich heranzog, mit der Hand auf dessen Kleidung zeigte und sagte: »Guck mal, Benni. Wie Tschabli. Ist viel besser im Tor. Wirklich!«

Benni krümmte sich zusammen und krallte seine Finger in die Jacke.

»Schon gut, schon gut!«, gab Lennart auf. »Dann eben nicht wie Tschabli!«

»Ich heiße JABALI!«, beharrte Jabali. »Die drei Silben wird ja wohl auch Benni hinbekommen!«

»Können wir jetzt mal anfangen?«, drängelte Rianna. Sie nahm sich den Ball und feuerte ihn aufs Tor, in dem Benni noch immer seine Jacke umklammert hielt. Der Ball zischte an ihm vorbei und ließ das Tornetz zappeln.

»Du musst reagieren, Benni!«, rief Rianna ihm zu.

»War zu schnell!«, antwortete Benni. Unsicher blickte er um sich, ob nicht vielleicht doch jemand ihm seine Kleidung wegnehmen wollte. Dann nahm er langsam die Hände von seiner Jacke.

»Zu schnell?«, fragte Rianna. »Du musst besser aufpassen!«

Michael zog Lennart beiseite und flüsterte ihm ins Ohr: »Die hat echt einen Hammerwurf drauf!«

Lennart nickte, ließ seinen Blick dann aber über die anderen schweifen: von Rianna zu Benni, von Benni zu Robin im Rollstuhl, neben ihm Svenja, die zweite Rollstuhlfahrerin, weiter zu Jonas, einem geistig behinderten Jungen, der einen Fotoapparat um den Hals trug. Hinter ihm stand Meike, die wie Benni das Downsyndrom hatte. Etwas abseits stand der kleinwüchsige Alexander, der Michael bestenfalls bis zur Hüfte reichte.

»Ich denke, wir haben noch einiges zu tun, daraus eine richtige Mannschaft zu formen«, stöhnte Lennart und runzelte die Stirn. »Vor allem wissen wir leider nicht, mit welchen Behinderungen wir es bei den Gegnern zu tun haben. Wie soll man da eine Taktik entwickeln?«

Michael zuckte mit den Schultern. Er wusste es auch nicht. Und zeigte stattdessen auf Rianna: »Aber sie scheint es zu wissen. Immerhin teilt sie schon die Positionen zu!«

Tatsächlich hörten alle auf Rianna. Kaum hatte sie Benni angepfiffen, dass er besser aufpassen solle, achtete Benni nicht mehr auf seine Klamotten. Er stellte sich mit gespreizten Armen und Beinen ins Tor, wie er es vorher bei Jabali gesehen hatte. Trotzdem verwandelte Rianna einen Siebenmeter. Der Ball zischte unhaltbar an Benni vorbei.

Diesmal hatte Benni aufgepasst. Dennoch konnte

er den Wurf nicht abwehren. Sofort zog er eine Schnute und stellte sich mit gesenktem Kopf neben das Tor.

»Was ist denn jetzt los?«, wunderte sich Ilka.

»Er ist beleidigt, weil ich getroffen habe«, erklärte Rianna.

Ilka erschrak. Wie sollten sie eine Mannschaft aus Spielern zusammenstellen, die sofort beleidigt reagierten, wenn den Gegnern mal etwas gelang?

»Den hätte Jabali auch nicht gehalten!«, rief Ilka, um Benni zu trösten und zum Weiterspielen zu bewegen.

Jabali durchschaute Ilkas Absicht allerdings nicht und ging gleich dazwischen. »Wetten, doch?«

Ilka verdrehte die Augen.

Nun fühlte sich Rianna wieder angegriffen.

»Ach ja?«, zischte sie Jabali zu. »Dann lass mal sehen!« Sie deutete aufs Tor.

Jabali stellte sich hinein. Rianna warf. Jabali sprang, indem er Arme und Beine gleichzeitig hochriss und spreizte. Er hatte Glück, erwischte den Ball mit der rechten Fußspitze und lenkte ihn so ab.

»Ja!«, rief Jabali und machte die Siegerfaust.

Rianna verzog das Gesicht. Bennis Mundwinkel senkten sich noch weiter ab. Ilka schüttelte den Kopf. Nun war ihr Vorhaben, Benni zu trösten, vollends missglückt. »Du bist eine echte Hohlnuss, Jabali!«, schimpfte sie.

»Wieso denn?«, verteidigte sich Jabali.

Nur Michael und Lennart freuten sich insgeheim. Benni war zwar nun noch beleidigter, aber immerhin wussten sie jetzt endgültig, dass sie in der Schulmannschaft einen guten neuen Torhüter zwischen den Pfosten stehen hatten.

Linh lief auf Benni zu. »Es hat keinen Sinn, dass wir uns hier gegenseitig etwas vormachen«, erklärte sie nicht nur Benni. »Benni will gern im Tor stehen. Und er ist gut. Da bin ich mir sicher. Nicht wahr, Benni? Wir müssen nur noch ein bisschen trainieren, damit er noch besser wird. Komm!« Sie nahm Bennis Hand und führte ihn zurück ins Tor. Benni ließ es sich gefallen. Brav trottete er Linh hinterher und stellte sich vor dem Tor auf.

»Gib mal den Ball!«, forderte Linh.

Jabali, der ihn inzwischen geholt hatte, warf ihn ihr zu.

Linh stellte sich am Wurfkreis auf und warf den Ball zu Benni. Der fing ihn auf.

»Super!«, lobte Linh.

»Super?«, raunte Michael Lennart zu. »Was war

daran super? Sie hat ihm den Ball direkt in die Arme geworfen!«

»Es ist ja nur ein Training«, erläuterte Linh, als ob sie seinen Kommentar nicht gehört hatte. »Da beginnen wir mit einfachen Übungen und werden immer schwerer. Nicht wahr, Benni?«

»Wie Tschabli!«, rief Benni, gut gelaunt, weil er den Ball gefangen hatte.

Jabali stöhnte auf.

»Meinetwegen!«, beendete Rianna die Debatte. »Kommt, dann trainieren wir schon mal den Angriff auf der anderen Seite!«

Michael starrte wieder auf Riannas Beinprothesen.

»Hast du ein Problem?«, fragte sie.

Michael schüttelte schnell den Kopf. »Nö. Überhaupt nicht.«

»Dann los!«, forderte Rianna. »Kommt alle mit rüber!«

Training mit Hindernissen

Während Linh mit Benni ein intensives Torwarttraining absolvierte, begannen Lennart, Michael, Jabali und Ilka mit Übungen am Wurfkreis. Sie hatten keine Ahnung, wie sie das Training angehen sollten. Wozu waren Rollstuhlfahrer in der Lage? Was schaffte Rianna mit ihren Beinprothesen? Wie belastbar war Meike? Begriffen Alexander und Jonas die Regeln?

Michael zog Lennart zu sich heran. »Rianna als Kreisläuferin, das klappt doch nie«, flüsterte er ihm zu, wobei er sehr darauf achtete, dass Rianna ihn nicht hörte.

»Aber werfen tut sie wie der Teufel«, wandte Lennart ein. »Schauen wir doch erst mal.«

Alexander und Jonas schienen ihnen für die Abwehr am geeignetsten, trotz Alexanders Kleinwüchsigkeit. Wenn der eine oder andere gegnerische Stürmer im Rollstuhl fuhr, wovon man ausgehen konnte, fiel Alexanders geringe Körpergröße nicht ins Gewicht. Aber beide waren sehr kräftig. Ilka zeigte ihnen, wo sie stehen sollten.

Lennart ging mit dem Ball zur Mittellinie. Von dort startete er, indem er sich mit Michael abwechselnd den Ball zuwarf, Richtung Wurfkreis. Ilka stand in der Mitte, rechts und links neben ihr Svenja und Robin in ihren Rollstühlen. Jonas und Alexander besetzten die Außenpositionen. Für Lennarts Mannschaft gingen Meike auf der linken Seite, Rianna auf der rechten auf die äußeren Positionen. Jabali stand im Tor.

Ilka baute sich vor Michael auf, hob beide Arme, um ihn am Wurf zu hindern. Michael spielte zu Lennart. Der probierte sofort, Rianna einzusetzen, indem er den Ball nach rechts in den Wurfkreis warf. Alexander sprang hoch, erwischte den Ball jedoch nicht. Robin konnte nicht springen und mit seinem Rollstuhl durfte er nicht in den Wurfkreis hineinfahren.

Eigentlich ein gutes Anspiel, dachte Michael. Für einen erfahrenen Handballer – ohne Behinderung. Denn nun musste Rianna vor dem Kreis abspringen, den Ball im Sprung fangen und sofort aufs Tor werfen, bevor sie mit den Füßen im Wurfkreis landete. Eine hohe Anforderung an Timing, Sprungkraft und Ballbeherrschung. Kein Problem für einen

 Profi-Handballer. Aber wie sollte das ein Mädchen mit Beinprothesen schaffen? Michael verzog schon das Gesicht wegen des seiner Meinung nach misslungenen Passes von Lennart. Doch dann traute er seinen Augen nicht. Mit einem Absprung, von dem selbst ein Lennart nur träumen konnte, schraubte Rianna sich in die Luft, fing den Ball und donnerte ihn ins obere kurze Eck des Tores. Jabali hatte nicht den Hauch einer Chance.

Michael stand mit offenem Mund da.

»Hast du das gesehen?«, zischte er Lennart zu.

Auch Lennart staunte nur.

Rianna lief grinsend auf die beiden Jungs zu. »Da staunt ihr, was? Das sind meine Formel-1-Prothesen. Damit würde ich jeden Nichtbehinderten im Sprint schlagen. Ist nur leider verboten. Das würde als Technik-Doping gelten.«

»Technik-Doping?«, wiederholte Michael ehrfurchtsvoll.

Rianna nickte. »Meine Prothesen sind leistungsfähiger als echte Beine. Während die Gesunden die Behinderten früher belächelt haben, verbieten sie uns jetzt, an euren Wettkämpfen teilzunehmen, weil die Technik dem menschlichen Bein mittlerweile überlegen ist«, erklärte Rianna und fügte an: »Also zumindest diese Laufprothesen aus Carbon für den Sport. Im Alltag trage ich andere.«

»Reifenwechsel wie beim Rennwagen!«, entfuhr es Michael.

Rianna grinste ihn an. »So ungefähr. Jedenfalls ist das der Grund, weshalb ich nicht an eurer Schule bin. Ich darf nur im Behindertensport mitmachen. Aber da passt mir die integrative Schule und die Partnerschaft mit euch ganz gut.«

»Aber dann brauchen wir dich in der Mitte als Spielmacherin«, schlug Lennart gleich eine Änderung der Aufstellung vor. »Du kannst das Spiel bestimmen und lenken, Spielpässe ansagen, die Bälle verteilen. Ab und an allein durchgehen. Und eine enorme Wurfkraft hast du ja auch. Mann, dich könnten wir gegen die Grünheimer gut brauchen!«

Rianna zuckte entschuldigend die Schultern. »Geht leider nicht. Erstens seid ihr eine reine Jungsmannschaft. Und außerdem muss ich deswegen ...«, sie zeigte wieder auf ihre Hightech-Prothesen, »... mit denen da drüben spielen.« Ihr Blick flog hinüber zu Jonas und Alexander. »Wir müssen nur zusehen, dass die beiden mitbekommen, was sie zu tun haben.«

Lennart sah sofort, was Rianna meinte. Jonas stand am Wurfkreis und schoss Fotos von Jabali.

»Das macht der auch im Spiel«, erzählte Rianna.

Michael glaubte es nicht. »Nee, nä?«

Rianna nickte entschieden. »Doch! Aufgehalten hat er einen Angreifer noch nie. Aber von jedem seiner Gegenspieler hat er schöne Fotos!«

Lennart musste lächeln.

Michael fand das nicht so witzig. »Das ist doch total bescheuert!«

Rianna lachte auf. »Natürlich ist es das. Aber erklär ihm das mal!«

Michael hütete sich. Er wollte weder einen der Spieler beleidigen noch sich mit ihnen anlegen. Er beschloss, zunächst einfach mal abzuwarten, wie die beiden spielten.

»Achtung!«, rief er Jonas zu, schnappte sich den Ball und dribbelte los.

»Greif ihn an!«, rief Lennart Jonas zu. »Lass Michael nicht durch!«

Jonas ging in Stellung, stellte sich in leicht gebückter Haltung mit gespreizten Beinen vor Michael auf. Genau wie ein konzentrierter Abwehrspieler einen Angreifer empfangen sollte, fand Lennart – bis Michael einen Meter vor Jonas ankam. Statt nun anzugreifen oder Michael aktiv den Weg zu versperren, griff Jonas plötzlich nach seiner Kamera, die ihm an einem Band um den Hals baumelte, ließ Michael ohne Gegenwehr an sich vorbeiziehen – und machte ein wunderschönes Foto von Michaels Sprungwurf, den Jabali allerdings parierte.

»Schlechter Wurf!«, bescheinigte Lennart Michael.

»Schönes Foto!«, verkündete Jonas stolz und zeigte das Bild auf dem Display seiner Kamera herum.

Ilka kicherte. »Vielleicht sollte er nicht mitspielen, sondern einfach als Fotograf für die Schülerzeitung am Rand arbeiten?«

»Das tut er sonst auch«, verriet Rianna. »Das ist ja der Grund, weshalb er so viel knipst. Er hat noch nicht verstanden, dass er unbedingt mitspielen muss, weil wir ohne ihn einer zu wenig wären.«

»Und wie bringen wir ihm das bei?«, fragte Jabali.

Rianna zuckte mit den Schultern. »Keine Ahnung. Die Schülerzeitung ist ihm sehr wichtig.«

»Spielen wir nicht mehr?« Meike gesellte sich zu dem diskutierenden Pulk.

Auch Alexander verstand die Unterbrechung nicht.

Und Svenja und Robin begannen, sich in ihren Rollstühlen zu langweilen.

»Kannst du das auch?«, fragte Svenja, wippte in ihrem Rollstuhl so stark hin und her, dass der Rollstuhl zu kippen drohte. Dann plötzlich hielt Svenja die Balance nur auf dem linken Rad, wobei sie sich sogar noch um die eigene Achse drehte.

»Klar!«, antwortete Robin, probierte sofort das gleiche Kunststück aus – und krachte auf die Seite.

»Ach du Scheiße!«, rief Michael erschrocken. Sofort rannte er los, um Robin aufzuhelfen. »Hast du dir wehgetan?«

»Bist du behindert?«, pflaumte Robin ihn an. »Wir machen Sport, da kann man ja wohl mal hinfallen. Wir spielen hier Handball und nicht Halma!«

Michael schreckte brüskiert zurück. »Na, hör mal. Ich wollte doch nur . . .«

»Helfen«, beendete Rianna den Satz.

»Ja!«, bestätigte Michael. »Was ist daran so schlimm?« Auch von Rianna war er ja zu Beginn schon rüde angebölkt worden. »Was habt ihr denn immer gleich?«

»Nichts!«, beschied ihn Rianna. »Wir mögen nur nicht wie kleine Babys behandelt werden.«

»Pöh!«, machte Michael.

»Also, geht es nun weiter?«, fragte Robin. Er lag immer noch auf dem Boden und reckte die Hand empor. »Hochhelfen musst du mir schon!«, rief er

Michael zu. »Wie soll ich denn aus dieser Stellung allein aufstehen?«

»Blödmann!«, schnauzte Michael zurück. Er hatte jetzt genug von diesen meckernden Mimosen im Rollstuhl.

Rianna lächelte ihn an. »Schon besser!«

Michael verstand die Welt nicht mehr. »Okay, wenn ihr lieber beschimpft werden wollt ... Das könnt ihr haben.« Er ging auf Robin zu und zog ihn mit einem Ruck am Arm wieder in eine aufrechte Position.

»Wir möchten nur normal behandelt werden!«, sagte Robin und streckte Michael lächelnd die Hand entgegen: »Gib mir five!«

»Du glaubst doch wohl nicht, dass *wir* normal sind?«, entgegnete Michael und schlug ebenfalls lächelnd ein.

Ilka klatschte in die Hände. Erstens, weil Robin und Michael sich nun offenbar verstanden, und zweitens, um das Training fortzusetzen. »Okay, Leute. Jetzt geht's weiter!«

Beim nächsten Angriff wurde Lennarts Wurf von Alexander abgewehrt. Allerdings unfreiwillig. Rianna hatte gerufen, weil sie angespielt werden wollte.

 Alexander hatte aber gedacht, sie wolle etwas von ihm. Deshalb schaute er zu Rianna, während Lennart den Ball abfeuerte. So abgelenkt landete der Ball mitten in seinem Gesicht. Benommen sank Alexander zu Boden. Jonas schoss davon ein schönes Foto.

Die Turniervorbereitung

Nur vier Wochen hatten die Fünf Asse Zeit, ihre »Sieben Helden« vorzubereiten. Dann ging das Turnier schon los. Doch sie machten riesige Fortschritte. Rianna erwies sich als hervorragende Handballerin, die das Spiel lenkte und koordinierte. Robin war ein echter Kämpfer. Keinen Ball gab er verloren. Mehr als einmal allerdings ging er so ungestüm zu Werke, dass es ihm nicht mehr gelang, rechtzeitig am Wurfkreis abzubremsen. Stattdessen raste er mit vollem Karacho auf Jabali zu, der gerade noch beiseitespringen konnte, um von dem Rollstuhl nicht überfahren zu werden. Svenja entpuppte sich als wahre Virtuosin im Rollstuhl. Und Lennart dachte manchmal, dass sie als Akrobatin auf einer Bühne besser aufgehoben wäre als hier auf dem Handballfeld. Svenja balancierte wechselweise auf nur einem Rad, konnte sich geschickt in kleinstem Radius drehen, ihren

Rollstuhl abrupt stoppen oder aus dem Stand so schnell beschleunigen, dass sie selbst im Rollstuhl eine schnelle und wendige Angriffsspielerin abgab. Sie nahm die Rolle ein, die Rianna ursprünglich hatte spielen wollen. Meike und Alexander hatten sich ebenfalls in ihren Positionen eingefunden, bildeten in der Abwehr gemeinsam einen zuverlässigen Block und verstanden es hervorragend, sich im Angriff als Anspielstationen bereitzuhalten. Wenngleich Meike leider erhebliche Schwierigkeiten hatte, den Ball sicher zu fangen. Alexander hingegen trainierte verbissen daran, seine Leistungen zu verbessern. Genauso wie Benni als Torhüter. Beide verbesserten sich in diesen vier Wochen gewaltig. Doch genau darin lag auch das Problem. Erzielte Alexander gegen Benni ein Tor, war Benni sofort beleidigt. Fing Benni den Ball, schwoll Alexander vor Wut die Halsschlagader. Einen Großteil der Trainingsarbeit musste Linh darauf verwenden, entweder den einen zu trösten oder den anderen zu beschwichtigen.

Gerade stand Alexander wieder vor einem Tobsuchtsanfall, weil Benni dreimal hintereinander seine Würfe abgewehrt hatte, als Ilka in die Halle gelaufen kam. Eigentlich hatte sie am Schulkiosk nur drei Flaschen Wasser für alle kaufen wollen. Doch außer dem Mineralwasser brachte sie noch eine Neuigkeit mit.

»Schon gehört?«, rief sie quer durch die Halle. »Es gibt einen neuen Sponsor!«

»Was für ein Ohr?«, fragte Jonas.

»Sponsor!«, wiederholte Ilka. »Einer, der Geld spendet! Bäckermeister Bremer ist der Sponsor eures ersten Gegners. *Brot und Spiele von Bäcker Bremer* wird auf ihren Trikots stehen.«

»Brot und Spiele?«, fragte Linh ungläubig nach. »Das war das Motto im Alten Rom bei den Gladiatorenkämpfen.«

Michael spannte sofort seinen Bizeps an, aber dann fiel ihm ein, dass er ja gar nicht mitspielte, sondern nur die Mannschaft der integrativen Schule betreute.

»Ich mag kein Brot!«, rief Jonas und schoss ein Foto von Ilka.

»Genau!«, bekräftigte Jabali. »Ich auch nicht. Da verkaufen wir während des Turniers lieber leckeres Eis.«

»Au ja, Eis!«, freute sich Benni und klatschte in die Hände. Auch die Gesichter der anderen begannen zu strahlen. Eis mochten alle.

»Hört doch mal zu!«, unterbrach Ilka die Begeisterung für Jabalis Eis. »Das dickste Ding kommt ja noch!«

Der Beifall für das Eis ebbte ab. Alle lauschten gespannt, was Ilka zu sagen hatte.

»Für jedes Tor, das die Brot-und-Spiele-Mannschaft gegen uns wirft, spendet Bäckermeister Bremer 100 Euro!«, berichtete Ilka.

Die Mienen der Spieler verfinsterten sich.

»Was soll das denn?«, maulte Rianna. »Sollen wir jetzt vielleicht extra hoch verlieren, um die Spenden zu erhöhen?«

Auch Linh und die anderen der Fünf Asse fanden diese Art des Ansporns äußerst zweifelhaft.

»Also, Siegprämien finde ich ja okay!«, räumte Lennart ein. »Aber wenn wir jetzt gewissermaßen Spenden verhindern, nur weil wir uns anstrengen, das ist doch total blöd!«

»Dann können wir uns ja gleich das ganze Training sparen!« Je mehr Rianna darüber nachdachte, desto wütender wurde sie. »Denn wir würden ja trainieren, um die Spenden zu verringern!«

Robin kratzte sich am Kopf. »Das stimmt! Was sollen wir denn jetzt tun? Absichtlich hoch verlieren?«

»Spinnst du?«, brauste Michael auf. So etwas durfte man seiner Meinung nach nicht einmal denken. »Das wäre ja wie Bestechung! Niemals. Ihr gebt alle euer Bestes, verstanden?«

»Aber . . .«, wollte Robin einwenden.

Doch Lennart unterbrach ihn, um Michaels Forderung zu unterstützen. »Ihr gewinnt das Spiel und wir sorgen für ordentliche Spenden, okay?«

»Okay!«, war Robin einverstanden.

Michael hingegen nicht. »Und wie willst du das anstellen?«, hakte er nach.

Darüber hatte Lennart noch gar nicht nachgedacht.

»Na prima!«, maulte Michael und schüttelte verständnislos den Kopf. »Dann sieh mal zu, wie du an das Geld kommst. Versprochen ist versprochen. Robin hat eingeschlagen!«

Lennart betrachtete seine Hand, als hätte sie die Möglichkeit, sein Angebot zurückzuziehen. Michael wollte sich schon abwenden, doch für Linh war die Angelegenheit noch lange nicht erledigt. »Moment mal«, schritt sie ein. »Du willst Lennart mit der Aufgabe ja wohl nicht alleinlassen?«

Michael öffnete den Mund. Und schloss ihn wieder. Eigentlich hatte er genau das vorgehabt.

»Die Betreuung der Mannschaft ist die Aufgabe von uns allen«, erinnerte Linh. Mit einer Handbewegung schloss sie alle Asse ein. »Wir wollen siegen. Und wir wollen, dass die Spendenaktion des Benefizturniers ein Erfolg wird, oder nicht?«

Natürlich wagte niemand, etwas dagegen zu sagen.

»Na also«, stellte Linh zufrieden fest. »Also sorgen wir für Spenden. Selbst wenn wir gegen die Bäckermannschaft zu null gewinnen sollten.«

»Genau!«, stimmte Ilka ihrer Freundin zu. »Die Bäckerburschen können schon mal ganz kleine Brötchen backen, wenn sie gegen uns spielen. Stimmt's?«

Erwartungsvoll blickte sie in die Runde. Und erntete zaghaftes Kopfnicken.

»Wir haben schon mal Jabalis Eis«, begann Linh aufzuzählen.

Doch Michael äußerte gleich seine Zweifel. »Eine Kugel Eis kostet bei Jabali 40 Cent. So viel Eis kann man gar nicht essen, um die hundert Euro für ein Tor auszugleichen!«

»Vielleicht einen Flohmarkt«, dachte Lennart laut nach. Die anderen wollten sofort widersprechen. So einen Marktstand auf die Beine zu stellen und zu betreuen war neben ihren anderen Aufgaben unmöglich.

Lennart wollte auch gerade einräumen, dass das keine gute Idee von ihm gewesen war, da klatschten Benni und Jonas schon begeistert in die Hände: »Au ja! Flohmarkt!«

Rianna kräuselte die Stirn. »Die beiden helfen jedes Jahr begeistert beim Weihnachtsbasar mit. Etwas Blöderes hättest du gar nicht vorschlagen können, Lennart!«

Und Michael musste noch einen obendrauf setzen. »Am besten, du denkst mal 'ne Sekunde nach, bevor du das nächste Mal etwas vorschlägst!«, muffelte er. »Zwei dämliche Vorschläge in einer Minute. Schönen Dank!«

Aber versprochen war versprochen. Und gesagt war gesagt: Die Fünf Asse hatten sich nun verpflichtet, zusätzlich zu ihren Trainer- und Betreuungsaufgaben Spenden mithilfe eines Flohmarktes zu sammeln.

Noch am Abend schnaubte Michael wütend darüber: »Diesen Lennart könnte ich manchmal echt in den Hintern treten! Unsere Mannschaft ist auf einem so guten Weg. Und jetzt haben wir diesen Flohmarkt an der Backe.«

Flohmarkt

Linh wischte sich den Schweiß von der Stirn. Sie wusste nicht, was sie zuerst tun sollte. Sie stand an dem Flohmarktstand der Fünf Asse und feilschte mit Kunden über die Preise. Jabali, Lennart und Michael waren wegen des Eröffnungsspiels bereits beim Warmmachen, als sie ein Reporter von der Lokalzeitung mit seinen Fragen nach den Hintergründen und dem Ablauf des Turniers löcherte.

»Nach dem Eröffnungsspiel der Jungsmannschaft unserer Schule gegen die Grünheimer hat unsere Patenmannschaft von einer integrativen Schule ihren ersten Einsatz«, gab Linh höflich Auskunft. Dabei sah sie immer wieder auf die Uhr. »Danach finden noch viele weitere Spiele statt«, antwortete sie ziemlich ungenau, sie machte sich Sorgen. Wo blieben Robin und Alexander nur?

»Hier ist der Spielplan, haben Sie sich denn keinen besorgt?«, mischte sich Ilka ein und übergab ihren Plan dem Zeitungsreporter. »Gleich geht's los! Am besten, Sie gehen schon mal in die Halle.«

Der Reporter schaute auf den Plan und ging.

»Puh, der hat uns gerade noch gefehlt«, stöhnte Ilka und begann, das bis dahin eingenommene Geld zu zählen.

Rianna lief vor dem Flohmarktstand schon ungeduldig auf und ab wie ein Tiger in einem zu kleinen Zookäfig. Immer wieder blickte sie nervös auf die Uhr, denn Robin und Alexander fehlten nun schon seit einer halben Stunde. Robin hatte auf die Toilette gehen wollen, aber er kam einfach nicht wieder.

»Die müssten längst zurück sein«, jammerte Rianna. »Wer weiß, was die wieder angestellt haben?«

»Wir hätten mitgehen sollen«, überlegte Linh laut.

Doch Rianna lachte nur verächtlich auf. »Ich geh doch nicht aufs Jungsklo! Auch nicht wegen eines Rollstuhlfahrers!«

Innerlich stimmte Linh Rianna natürlich zu. Sie schaute sich kurz um, aber auch von den Lehrkräften war im Moment niemand zu sehen. In dem Trubel des beginnenden Turniers hatten alle mehr als genug zu tun.

»Außerdem wollte Robin allein gehen!«, stellte Rianna klar.

Auch das stimmte. Eigentlich hatte er schon Alexander nicht mitnehmen wollen. Aber der hatte auch zur Toilette gemusst.

»Was ist, wenn die nicht rechtzeitig auftauchen?«, fragte Rianna ängstlich. Bis zum Beginn ihres Spiels hatten sie zwar noch ein wenig Zeit. Trotzdem traute sie sowohl Robin als auch Alexander zu, dass die sich von irgendetwas ablenken ließen und gar nicht mehr zurückkehrten.

»337,70!«, rief Ilka.

Linh und Rianna wandten sich zu Ilka um. »Was?«

»Euro!«, klärte Ilka sie auf. »Wir haben bisher 337 Euro und 70 Cent eingenommen!«

Ilka zeigte das Bündel Geldscheine und legte es in die Kasse zurück.

»Toll!«, freute sich Rianna.

»Am meisten Geld hat dein Bonsai gebracht!«, lobte Ilka Linh.

Linh lief ein wenig rot an. Lange hatte sie überlegt und insgesamt drei Nächte unruhig geschlafen, bevor sie sich durchgerungen hatte, eine ihrer wertvollsten Bonsai-Pflanzen herzugeben: eine 30 Zentimeter hohe, fast zehn Jahre alte Mädchenkiefer. Das Geschenk eines Onkels aus Saigon, der sie ihr zu Weihnachten geschickt hatte, nachdem er das Bäumchen selbst acht Jahre lang gepflegt hatte. Aber es war für einen guten Zweck. Da würde auch ihr Onkel Verständnis zeigen, dass sie die Pflanze für den Flohmarkt geopfert hatte.

»Der Bonsai allein hat 90 Euro gebracht!«, verkündete Ilka.

Linh spürte Riannas Blick. Rianna verstand nichts von Bonsai-Pflanzen. Aber sie ahnte, dass der Verkauf für Linh ein großes Opfer gewesen war.

»Da kommen sie!« Linh freute sich, ausgerechnet in diesem Moment Alexander und Robin zu entdecken. So konnte sie von sich ablenken. Es war Linh immer peinlich, wenn sie zu sehr im Mittelpunkt stand.

»Na endlich!«, atmete Rianna auf. »Das wurde auch Zeit. Wo habt ihr denn gesteckt?«

»Die Behinderten-Toilette ist kaputt«, berichtete Robin. »Voll behämmert! Bei einem Turnier mit Behinderten! Wie soll man denn hier aufs Klo gehen? Die halbe Schule habe ich nach einer Toilette abgesucht!«

Linh konnte Robins Ärger gut verstehen. Ihre Schule war ganz und gar nicht auf Behinderte eingerichtet. Es handelte sich um eine Schule mit Schwerpunkt Leistungssport. Als sie gegründet wurde, hatte man noch nicht daran gedacht, dass

 auch Behinderte Leistungssport betreiben konnten.

»Aber jetzt sind ja alle da!«, freute sich Ilka. »Kommt, wir müssen in die Halle und das Spiel anschauen!«

»Ich passe auf!«, schlug Jonas vor.

Ilka stutzte. Eigentlich fand sie es keine gute Idee, Jonas allein am Stand zurückzulassen. Andererseits hatte er recht. Der Flohmarktstand konnte nicht einfach unbeaufsichtigt bleiben. Aber war Jonas der Richtige zum Aufpassen? Konnte man ihn allein lassen?

»Das schaffst du schon, oder?«, fragte Rianna.

Jonas nickte stolz. »Klar!«

Ilka vergewisserte sich noch mit einem Blick bei Linh. Auch sie war einverstanden.

»Okay, dann pass gut auf«, sagte Ilka und versprach: »In der Halbzeit löse ich dich ab. Dann kannst du ein paar schöne Fotos machen von dem Spiel!«

»Au ja!«, freute sich Jonas. Sofort zog er seine Kamera hervor und knipste ein paar Fotos von dem Stand.

»Also bis dann!«, rief Ilka ihm noch zu.

Dann griff sie sich Robins Rollstuhl und schob ihn vor sich her. Linh nahm Svenjas Rollstuhl. Gemeinsam mit Meike, Alexander, Benni und Rianna zogen sie in die Halle, wo gerade das Spiel der Jungs gegen die Grünheimer angepfiffen wurde.

Während die Jungs sich schon die ersten Bälle zuspielten, ertönte unter großem Beifall durch die Lautsprecher die Ansage, dass Bäckermeister Bremer soeben 500 Euro gespendet hatte.

Ilka verzog das Gesicht. Natürlich war es toll, dass er so viel Geld spendete. Aber sie hatte dem Bäckermeister immer noch nicht verziehen, dass er weitere Spenden vom Torerfolg seiner Brot-und-Spiele-Mannschaft abhängig machte. So etwas gehörte sich nicht bei einem Wohltätigkeitsturnier, fand sie. Wenn schon, dann müsste für jedes Tor, egal von welcher Mannschaft es erzielt wurde, Geld fließen.

Lauter Torjubel riss Ilka aus ihren Gedanken. Die Grünheimer führten mit 1:0.

Nun gut, dachte Ilka sich. Eine so knappe Führung hieß beim Handball nichts. Zwar hatte Lennarts Mannschaft Anstoß gehabt und hätte eigentlich vorlegen müssen. Trotzdem ließ sich ein Rückstand von ein, zwei oder auch drei Toren im Laufe eines Spiels mühelos ausgleichen. So wie jetzt. Michael hatte Lennart hervorragend am Kreis angespielt.

Lennart fing den Ball mit dem Rücken zum Tor, täuschte links an, drehte sich dann aber blitzartig nach rechts, tauchte unter dem Arm seines Gegenspielers durch und sprang hoch. Der Torhüter kam ihm entgegen, sprang ebenfalls hoch, wobei er alle viere von sich streckte – und Lennart ließ den Ball unter ihm durch ins Tor kullern. Es stand 1:1.

»Den hat er super ausgetrickst!«, juchzte Linh.

Auch Rianna klatschte begeistert Beifall für Lennart.

Draußen im Hallenflur wurde es Jonas langweilig. Kaum ein Besucher interessierte sich mehr für den Flohmarkt. Alle standen oder saßen drinnen in der Halle und schauten sich das Eröffnungsspiel an. Nicht mal zum Fotografieren gab es etwas. Jedenfalls nichts, was Jonas nicht schon fotografiert hätte.

Er griff in seine Tasche, fand darin einen kleinen Filzstift und suchte nach Papier zum Malen. Drinnen ertönte erneuter Torjubel.

Plötzlich kam doch jemand an den Flohmarktstand.

»Was kostet der hier?« Ein Mann hielt einen kleinen Teddybären im Fußballdress mit Fußballschuhen in der Hand.

Jonas schaute den Mann unsicher an. »Ich weiß nicht!«

Sie hatten ihm gesagt, er solle aufpassen. Niemand hatte ihm gesagt, dass er Sachen verkaufen sollte. Und schon gar nicht, was die kosteten.

»Du weißt nicht?«, lachte der Mann freundlich. »Na, wie willst du denn dann etwas verkaufen?«

Jonas biss sich auf die Lippen. Dann fiel ihm etwas ein. »Ich kann fragen!«

Der Mann nickte ihm zufrieden zu. »Gut. Tu das! Ich warte hier so lange.«

Jonas nickte eifrig. Und rannte los.

Ilka bejubelte gerade das 8:8, als Jonas sie von hinten antippte.

»Was kostet der Teddy?«

»Jonas?«, wunderte sich Ilka. »Was tust du denn hier?«

»Was kostet der Teddy?«, wiederholte Jonas.

Ilka hatte keine Ahnung, wovon Jonas sprach.

Linh schaltete schneller. »Wer ist jetzt am Stand?«, fragte sie.

»Ein Mann!«, antwortete Jonas. »Er will den Teddy kaufen.«

»Was denn für ein Mann?« Ilka verstand noch immer nichts. »Und was für ein Teddy?«

»Fußball-Teddy!«, sagte Jonas.

»Ist im Moment niemand von uns am Stand?«, hakte Linh nach.

»Was kostet der Teddy?«, fragte Jonas wieder.

Plötzlich dämmerte Ilka etwas. »Jonas?«, setzte sie langsam in ernstem, leicht bedrohlichem Ton an. »Jonas, wo ist die Kasse?«

Jonas machte große Augen. Wie bei der Frage des Mannes nach dem Preis für den Teddy biss er sich wieder auf die Lippen. Dann überzog ein freudestrahlendes Lächeln sein Gesicht. »Hab Sonnen gemalt!«

»Sonnen?«

Rianna schaltete sich nun auch ins Gespräch ein. »Jonas malt für sein Leben gern Sonnen. Sein zweitliebstes Hobby neben dem Fotografieren.«

»Hab Sonnen gemalt!«, wiederholte Jonas und nickte zustimmend.

»Ja, ja, schön, schön, Jonas«, wiegelte Ilka ab. »Jonas, wo ist die Kasse? Die Kasse vom Flohmarktstand? Unser Geld?«

Jonas drehte sich um und zeigte zum Ausgang. »Ja, Geld! Der Mann will den Teddy kaufen.«

Ein kurzer Blick zwischen Ilka und Linh genügte und ihnen war klar: Die Kasse hatte Jonas am Flohmarktstand stehen lassen.

»Komm mit!«, stieß Ilka nur kurz hervor. Und rannte los.

Linh folgte. Auch Rianna wollte mit.

Doch Linh hielt sie auf. »Bleib du bei den anderen, bitte.«

»Okay«, willigte Rianna ein.

Auch Jonas blieb stehen. Doch der sollte nun wieder mit, um den Mädchen zu zeigen, welcher Mann etwas kaufen wollte. Und wo die Kasse war.

»Vielleicht wartet der Mann wirklich auf Jonas und passt so lange auf«, hoffte Linh.

»Ja«, bestätigte Ilka. »Hoffentlich!«

Ein unbekannter Mann

Ilka erkannte schon von Weitem: An ihrem Flohmarktstand wartete niemand, der aufpasste, ob sich nicht jemand an den zahlreichen Sachen auf dem Tisch zu schaffen machte.

Ilka beschleunigte. Zum Glück lief das Spiel noch. Bis auf vereinzelte Besucher befanden sich alle in der Halle. Darum hatte Ilka im Flur freie Bahn, zu ihrem Stand zu rennen.

Linh blieb mit Jonas ein wenig zurück. Er konnte nicht so schnell laufen und Linh wollte ihn nicht aus den Augen verlieren. Ilka dagegen stürzte ohne Umwege auf den Platz zu, wo sie die kleine Metallkassette mit dem Geld hingestellt hatte.

Dort stand sie auch noch! Ilka atmete durch. Gott sei Dank! Der Mann hatte die Kasse nicht mitgenommen. Da hatten sie noch mal Glück gehabt! Behutsam nahm sie die Kasse an sich, fast, als ob sie ein Baby aus dem Bettchen holte. Dann öffnete sie den Deckel – und stieß einen Schrei aus!

In dem Moment erreichten Linh und Jonas den Stand.

»Was hast du?«, fragte Linh besorgt.

Jonas freute sich, als er die Kasse sah. Doch seine Freude verflog schnell wieder.

»Weg!«, hauchte Ilka nur. »Das Geld ist weg!«

Mit leerem Blick starrte sie Linh an und ließ sich auf den kleinen Klappstuhl hinter dem Tisch fallen.

Linh wollte nicht glauben, was Ilka da sagte. Sie riss die Kasse an sich, um selbst nachzusehen, erblickte aber natürlich nichts anderes als Ilka zuvor: eine leere Kasse. Das hieß, ganz leer war sie nicht. Der Dieb hatte großzügig das Kleingeld zum Wechseln liegen lassen. Linh gab die Hoffnung dennoch nicht so schnell auf. »Bist du sicher, dass du die Scheine nicht vorsichtshalber herausgenommen und woanders hingesteckt hast?«, fragte sie nach. So hätte sie es jedenfalls gemacht, wenn sie für die Kasse verantwortlich gewesen wäre. Doch gegenüber Ilka äußerte Linh diesen Vorwurf nicht. Sie wusste, hinterher war man immer schlauer. Sie hätte ja auch dran denken und Ilka nach den Geldscheinen fragen können, als sie gemeinsam Richtung Halle aufgebrochen waren. Außerdem machte Ilka sich den Vorwurf schon selbst. Wütend schlug

sie sich mit der Hand vor die Stirn. »So etwas Dämliches!«, fluchte sie. »Wieso hab ich das Geld nicht mitgenommen?«

Plötzlich kam Linh ein Gedanke. Vielleicht erwies sich Jonas als schlauer und umsichtiger als sie selbst. »Sag mal?«, wandte sie sich an ihn. »Hast du zufällig die Scheine eingesteckt?«

Ilka blickte auf. Hoffentlich!, dachte sie bloß. Doch Jonas zerschlug auch diese Hoffnung.

»Jonas hat kein Geld genommen!«, wehrte er sich entschieden, als hätten Linh und Ilka ihn unter Anklage gestellt. »Jonas hat kein Geld!«

»Nein, schon gut!«, beruhigte Linh ihn sofort. »Das behauptet doch auch keiner.«

Linh und Ilka warfen sich vielsagende Blicke zu.

»Jonas hat gemalt!«, sagte Jonas.

»Ja, schon gut, Jonas!«, sagte Ilka resigniert. Sie musste es sich eingestehen. Das Geld war gestohlen. 300 Euro! Und sie trug die Schuld, weil sie nicht aufgepasst hatte. »Verdammt!«, fluchte sie vor sich hin. Nicht genug, dass das Geld weg war, fiel ihr ein. Irgendwie musste sie den anderen auch noch beibringen, was passiert war. Zerknirscht blieb sie gemeinsam mit Linh und Jonas bis zum Ende des Eröffnungsspiels am Stand sitzen. Sie hatte sich so sehr darauf gefreut, das Spiel zu verfolgen. Ein Wettkampf gegen die Grünheimer war immer etwas

Besonderes. Aber in dieser Stimmung konnte sie einfach nicht zusehen.

»Wir spielen gleich!«, sagte Jonas aufgeregt. »Ich muss mich umziehen!«

Es stimmte. Auch das noch.

Linh verstand, dass Ilka jetzt mit ihren Gedanken woanders war. »Die Jungs kommen gleich«, erklärte sie Jonas. »Die können dir helfen.«

Da kamen sie schon um die Ecke. Lauthals diskutierten Michael, Lennart und Jabali noch die einzelnen Spielzüge.

»Und?«, begrüßte Linh die Jungs.

Michael blieb erstaunt stehen. »Was, und?«

»Na?«, fragte Linh nach. »Wie habt ihr gespielt?«

Michael schaute Linh an, als hätte sie etwas Unanständiges gesagt. Er verstand die Frage nicht.

Lennart kapierte schneller. »Soll das heißen, ihr habt gar nicht zugeschaut?«

Er hatte gefragt, obwohl er es sich überhaupt nicht vorstellen konnte. Natürlich hatten Linh und Ilka zugeschaut. Bei solch wichtigen Spielen taten sie das immer.

»Es ist meine Schuld«, kürzte Ilka die Fragerei ab.

Und erklärte mit betrübter Miene, was geschehen war.

»Und jetzt?«, fragte Jabali, nachdem er sich alles angehört hatte.

»Wir spielen gleich!«, unterbrach Jonas.

Nach dem Ergebnis des Spiels zu fragen, hatten Linh und Ilka inzwischen ganz vergessen. Auch die Jungs dachten gar nicht mehr an ihr Spiel, als Rianna mit der gesamten Mannschaft ihrer Schule an den Tisch kam und den Jungs auf die Schultern klopfte. »Schade! Ihr hättet einen Sieg verdient gehabt.«

»Was?«, fragte Linh. »Ihr habt verloren?«

Lennart winkte ab. »Unentschieden. 11:11. Die Grünheimer haben kurz vor Schluss den Ausgleich erzielt.«

»Wir hätten gewinnen müssen«, ergänzte Michael. »Aber mein Wurf in der letzten Sekunde ist nur gegen den Innenpfosten geprallt. Totales Pech!«

»Offenbar ist heute wirklich nicht unser Glückstag«, stellte Ilka fest. Und dann musste sie auch Rianna noch das ganze Unglück beichten, das ihr widerfahren war.

Anders als Linh und Ilka nahm Rianna keine Rücksicht auf Jonas. Streng giftete sie ihn an: »Und du Schafskopf lässt einfach die Kasse allein am Tisch?«

Jonas senkte beschämt den Kopf. »Der Mann wollte Teddy kaufen. Musste doch den Preis fragen!«, verteidigte er sich. Seine Stimme zitterte. Verlegen rieb er sich die Finger. Er schaffte es nicht, Rianna in die Augen zu sehen. Die zeigte keine Gnade. Sie griff Jonas unters Kinn und drehte seinen Kopf so, dass er ihr ins Gesicht blicken musste.

»Ist das ein Grund, die Kasse allein zu lassen?«, schimpfte sie.

»Lass ihn doch!«, wagte Linh zaghaft einzugreifen.

Doch Rianna wehrte sie barsch ab. »Wieso denn?« Und ging sofort wieder auf Jonas los. »Eine Kasse allein hierzulassen ist total blöd, oder, Jonas? Das begreifst du doch! Man muss auf seine Sachen aufpassen! Hast du das nicht gelernt?«

Jonas nickte.

Alexander trat nun hinzu. »Doch! Darf man nicht! Haben wir gelernt!«

Jonas' Blick wurde noch trauriger.

»Ist gut, Alexander!«, sagte Rianna und schob Alexander beiseite. »Und nun?«, ließ sie nicht locker. »Erkennst du den Mann wieder? Weißt du, wie er aussah und wo er hingegangen ist?«

»Hat Teddy gekauft!«, verteidigte sich Jonas erneut.

Rianna musste sich zusammenreißen, um nicht die Geduld zu verlieren. »Das hat er nicht, verdammt!« Sie machte einen großen Schritt an Jonas vorbei, riss einen kleinen Teddy vom Tisch und hielt ihn Jonas unter die Nase. »Ist das der Teddy?«

Jonas nickte.

Michael juckte es in den Fingern, Rianna zurückzuhalten. Er fand das Verhalten von Jonas ja selbst oberdämlich. Aber immerhin war Jonas geistig behindert. Durfte man da so mit ihm umgehen? Michael hätte sich das jedenfalls nicht getraut. Und er fand, auch Rianna nahm ihn viel zu hart ran. Jonas begriff doch gar nicht, wovon Rianna sprach, war Michael überzeugt.

Lennart bemerkte Michaels Unbehagen. Sachte legte er seine Hand auf dessen Arm, was so viel bedeuten sollte wie: Ich glaube, Rianna weiß, was sie da tut. Immerhin hatte sie gemeinsam mit Jonas und Alexander Unterricht. Da konnte sie die beiden bestimmt besser einschätzen. Lennart ließ seinen Blick über die anderen schweifen: Sowohl Benni und Meike, die beiden mit Downsyndrom, als auch Robin und Svenja in ihren Rollstühlen schienen nichts Ungewöhnliches an der Situation zu finden. Ganz augenscheinlich akzeptierten sie Rianna als

Wortführerin. Sogar Jonas selbst nahm Riannas Vorwürfe hin, als habe er nichts anderes verdient.

»Er hat den Teddy nicht gekauft, Jonas!«, schimpfte Rianna weiter. »Er hat dich betrogen und dir das Geld geklaut! Du hast nicht aufgepasst, Jonas.«

»Doch!«, schnaufte Jonas. Ihm standen Tränen in den Augen. »Jonas hat ein Foto gemacht!«

Rianna stutzte. Genau wie die anderen, die sich gegenseitig verdutzt ansahen.

»Vom Teddy?«, fragte Rianna und zog ihre Stirn kraus.

Jonas schüttelte den Kopf. »Vom Mann!«

»Was?«, rief Rianna. »Das sagst du erst jetzt? Gut gemacht, Jonas. Zeig mal!«

Der Mann auf dem Foto

Jonas zog seine kleine Digitalkamera hervor, zeigte das Display und drückte auf eine Taste. Es erschien ein Foto von dem Flohmarktstand, an dem niemand stand.

»Da sehe ich niemanden!«, stellte Rianna fest.

Jonas blätterte weiter durch die Bilder. Es erschienen noch zwei Fotos von dem leeren Flohmarktstand. Und dann plötzlich ein Bild, auf dem ein Mann zu sehen war.

Zumindest vermutete Rianna, dass es sich um einen Mann handelte. Denn das Gesicht der Person und der gesamte linke Teil des Bildes wurde von irgendetwas verdeckt.

»Was soll das sein?«, fragte Rianna.

Jonas betrachtete das Bild und zuckte mit den Schultern.

»Weiß nicht.«

Linh kam hinzu und besah sich das Foto ebenfalls. Sie begriff schnell, was passiert war. »Du hast deinen Finger vor die Linse gehalten!«, sagte Linh.

Sie nahm die Kamera, hielt einen Finger halb vor

die Linse und zeigte den anderen das Display. »Seht ihr? Auf dem Bildschirm ist der Finger nicht drauf. Denn ich halte ihn nicht vor den Sucher, sondern vor die Linse. Leider sieht man bei dieser Kamera nicht direkt durch die Linse, sondern durch einen extra Sucher. Deshalb hat Jonas es nicht bemerkt.«

Linh drückte den Auslöser. Und bewies damit ihre Theorie. Obwohl sie eben auf dem Bildschirm noch alles klar hatten erkennen können, hatte Linh nur ihren Finger aufgenommen.

Michael stöhnte. »Super! Du bist ja ein toller Fotograf für die Schülerzeitung!«

»Ja!«, strahlte Jonas. »Jonas macht Fotos für die Zeitung!«

»Hast du noch mehr Bilder gemacht, Jonas?«, fragte Linh.

Wieder strahlte Jonas. »Ja, noch mehr!«

»Noch mehr Finger?«, zischte Michael böse.

Jonas blätterte eine Aufnahme weiter. Darauf war kein Finger. Das Foto war klar und deutlich zu erkennen. Doch leider hatte die Person sich inzwischen weggedreht.

»Das ist der Mann?«, fragte Linh.

Jonas nickte eifrig. »Ja, das ist der Mann!«

»Wir haben ein Foto von dem Dieb?«, rief Lennart aufgeregt.

Linh dämpfte seine Vorfreude. »Nur von hinten«, schränkte sie ein. »Aber immerhin. Besser als nichts.«

Sie zeigte die Kamera mit dem Bild herum. Es war ein Mann zu sehen, der sich die Auslage an dem Flohmarktstand scheinbar interessiert betrachtete, aber komischerweise sein Gesicht immer nach unten oder zur Seite wandte.

»Der hat gesehen, dass er fotografiert wurde, und sich weggedreht«, war Ilka sich sicher.

»Wer könnte das sein?«, fragte Jabali. »Kennt ihr jemanden mit einem so komischen Hut?«

»Das ist ein Trilby«, wusste Linh.

»Ein was?«, staunte Lennart.

»Trilby«, wiederholte Linh. »So heißt die Hutform. Ich habe einen Onkel, der trägt solche Hüte manchmal.«

»Ein vietnamesischer Hut?«, wunderte sich Michael.

Linh warf ihm ein kurzes Lächeln zu. »Mein Onkel heißt Maxl, ist Bayer und wohnt in München. Er hat nur die Schwester meiner Mutter aus Vietnam geheiratet.«

»Ist doch schnurz«, warf Jabali ein. »Wir suchen

also einen Mann mit einem solchen Hut. So viele wird es davon ja wohl nicht geben, oder?«

»Das ist ja ein toller Hinweis«, murrte Michael. »Der Typ braucht nur seinen Hut abzunehmen und schon finden wir ihn nie!«

Ausnahmsweise mal stimmte Ilka Michael zu. »Und selbst wenn wir ihn finden, wie sollen wir denn beweisen, dass er unser Geld gestohlen hat? Niemand von uns hat es gesehen. Und wenn er Geld in der Tasche hat, heißt das noch lange nicht, dass es unseres ist. Schließlich haben wir ja nicht die Nummern notiert.«

»Ich habe Sonnen gemalt«, warf Jonas ein.

»Ja!«, pflaumte Michael ihn heftiger an, als er eigentlich wollte. »Ist ja gut, Jonas!«

»Wir brauchen einen Plan«, schlug Lennart vor. »Wir können ja nicht das Spiel ausfallen lassen, bloß wegen des Geldes!«

»Unser Spiel!«, rief Jonas. »Ich muss mich umziehen!«

»Eben«, pflichtete Lennart ihm bei. »Ich schlage vor, Linh und Jabali versuchen, den Mann mit dem Hut zu finden. Michael, Ilka und ich betreuen unsere Mannschaft im nächsten Spiel. Okay?«

»Und wer bleibt am Stand?«, fragte Rianna.

Um ein Haar hätten sie zum zweiten Mal vergessen, auf ihren Flohmarktstand aufzupassen. Michael, Lennart und Ilka schauten sich eindringlich an. Einer von ihnen musste bleiben. So viel stand fest. Aber wer? Michael wollte das Spiel auf keinen Fall verpassen. Zu sehr hatte er sich darauf gefreut, Rianna ein ganzes Spiel lang beobachten zu könnnen. Aber natürlich hätte er das niemals zugegeben. Verzweifelt suchte er in seinem Kopf nach einem überzeugenden Argument, weshalb er das Spiel auf gar keinen Fall verpassen durfte. Leider fiel ihm außer Rianna kein Grund ein. So biss er sich nur nervös auf die Lippen und schaute erwartungsvoll zu seinen Freunden.

Lennart hatte eindeutig den größten Anteil am Training ihrer Patenmannschaft. Er hatte die Aufstellung und die Taktik erdacht und sämtliche Vorbereitungsgespräche geführt. Lennart selbst war zu bescheiden, um darauf aufmerksam zu machen. Doch die anderen wussten auch so, dass Lennart an der Linie unabkömmlich war.

»Michael, du?«, fragte Lennart nur schüchtern.

Michael lief rot an, schluckte ein paarmal, japste nach Luft, öffnete den Mund und suchte angestrengt nach einer Ausrede.

Ilka kam ihm zuvor. »Ich bleibe!«, bot sie freiwillig an. Sie gab sich ohnehin die Schuld an dem verschwundenen Geld. Auf diese Weise konnte sie ihren Fehler vielleicht ein bisschen wiedergutmachen.

»Okay!«, stimmte Lennart zu.

Michael fiel ein Stein vom Herzen. »Danke!«, hauchte er Ilka zu.

»Also, dann los!«, rief Rianna in die Runde. »Wir müssen uns beeilen!«

Lennart und Michael begleiteten Benni, Robin, Jonas und Alexander in die Umkleidekabine. Rianna brauchte keine Hilfe, sondern nahm sich ihrerseits Svenja und Meike an.

Ilka setzte sich auf den kleinen Klappstuhl an dem Flohmarktstand und ließ betrübt ihren Kopf in die Hände sinken. Erst hatte sie das Spiel der Jungs verpasst. Nun würde sie auch noch das erste Spiel von ihren Sieben Helden versäumen. Alles nur wegen des blöden Flohmarktstandes und der gestohlenen Einnahmen. Das Handballturnier stand für Ilka wahrlich unter keinem guten Stern.

Ilka hatte nicht lange am Flohmarktstand sitzen müssen, um zu merken, dass sich während der Spiele niemand dafür interessierte. Weder ein Käu-

fer noch ein Dieb. Das Wichtigste und Wertvollste gab es ja nicht mehr zu holen.

»Na, ganz alleine?«, rief Hausmeister Rittmeier ihr kurz zu, als er auf dem Weg zu seinem Büro eilig an ihrem Stand vorbeirauschte. Wie immer mit einem dicken Schlüsselbund in der Hand.

Ilka erkannte sofort ihre Chance und schaltete blitzschnell.

»Moment! Warten Sie bitte!«, rief sie ihm hinterher.

Herr Rittmeier stoppte und drehte sich zu Ilka.

»Können Sie die Sachen hier vielleicht irgendwo einschließen, dann könnte ich auch in die Halle«, bettelte sie mit betont höflicher Stimme.

Herr Rittmeier strich sich nachdenklich über die Stirn und hatte dann eine Lösung parat. »Ja, wir können die Sachen im Geräteraum verstauen! Aber schnell. Ich werde auch noch anderswo gebraucht.«

»Klar!«, versprach Ilka und begann sofort, die Sachen zusammenzupacken. »Danke!«

Herr Rittmeier half schnell mit und in null Komma nichts hatten sie den gesamten Stand in Kisten verpackt und im Geräteraum verstaut.

Freudig lief Ilka in die Halle.

Jabali und Linh zogen los, hatten aber noch keine Idee, wie sie den Mann unter all den Besuchern finden sollten. Und was sie tun sollten, wenn sie ihn fanden. Immerhin konnten sie das Notwendige mit dem Angenehmen verbinden. Denn die meisten Besucher befanden sich natürlich innerhalb der Halle. Wenn sie dort suchten, bekamen sie wenigstens ein bisschen von dem Spiel der Sieben Helden gegen die Brot-und-Spiele-Mannschaft mit. Weil für jedes Tor der Mannschaft von Bäckermeister Bremer 100 Euro sprudelten, schlug das Herz der meisten Zuschauer für die Gegner der Mannschaft, die die Fünf Asse betreute.

Schon bei der Vorstellung der Teams durch den Hallensprecher war dies deutlich zu spüren. Bei jedem Namen der Bäckermannschaft ertönte lebhafter Beifall und Jubel. Auch die Grünheimer jubelten kräftig mit. Jeden Gegner der James-Connolly-Schule betrachteten sie automatisch als ihren Verbündeten.

Aber auch die Sieben Helden hatten natürlich ihre Fans in den Zuschauerrängen. Benni strahlte, als aus den Lautsprechern sein Name erklang und ein Teil der Zuschauer ihm applaudierte. Er riss die Arme hoch und winkte ins Publikum. Selbst als schon längst andere Namen genannt wurden, hörte er damit nicht auf.

Svenja drehte unter dem großen Beifall der Zu-

 schauer eine Pirouette mit ihrem Rollstuhl. Sogar die Grünheimer ließen sich zu einem anerkennenden Applaus herab.

Gern wäre Robin ebenso aufgetreten, aber er beherrschte seinen Rollstuhl nicht annähernd so perfekt wie Svenja. Und bevor er sich mit einem Sturz vor der Menge blamierte, unterließ er jeglichen Versuch eines Kunststücks. Auch in der Bäckermannschaft gab es zwei Rollstuhlfahrer.

Rianna und Lennart hatten, als sie vor dem Spiel von deren Aufstellung erfuhren, überlegt, ob es nicht am klügsten wäre, Rollstuhlfahrer gegen Rollstuhlfahrer spielen zu lassen. Doch letztlich waren sie zu dem Schluss gekommen, sich ihre Taktik nicht vom Gegner bestimmen zu lassen. Schließlich konnte ja auch die Bäckermannschaft ihre Aufstellung so ändern, dass die Spieler im Rollstuhl direkt gegeneinander spielten.

Jonas hatte sich in der Mitte des Feldes aufgestellt und fotografierte die Zuschauerreihen.

Rianna stürzte auf ihn zu. »Jonas, leg die Kamera weg. Unser Spiel fängt gleich an.«

»Jonas muss Fotos machen. Für die Zeitung!«, beharrte Jonas.

»Jonas!«, zischte Rianna böse. »Geh mir jetzt nicht auf die Nerven. Her mit der Kamera!«

Sie griff danach. Jonas entriss sie ihr wieder,

drückte die Kamera an sich und beugte sich schützend darüber. »Das ist Jonas' Kamera!«

»Jonas!«, zischte Rianna. »Hör auf damit!«

Auf den Rängen klopften sich die Grünheimer schon auf die Schenkel, als sie die Auseinandersetzung zwischen Rianna und Jonas mitbekamen. Natürlich tat sich Tom dabei wieder besonders hervor.

»Seht mal den Volldepp da. Der will mitten im Spiel fotografieren!«

Da die Grünheimer vorn in den ersten beiden Reihen saßen, konnten Ilka, Michael und Lennart auf der Trainerbank hören, worüber die Grünheimer sich amüsierten.

Ilka kochte vor Wut. »Die haben überhaupt nicht begriffen, worum es hier geht«, zischte sie.

»Aber wir müssen etwas tun«, wandte Michael ein. »Das ist doch wirklich dämlich von Jonas, dass ...«

»Oh Mann!«, tobte Ilka. »Manchmal bist du auch nicht besser als dieser blöde Tom!«

Michael zuckte unschuldig mit den Schultern. Er wusste nicht, was er nun wieder verbrochen haben sollte.

Ilka lief auf den Platz, direkt auf Jonas zu.

»Jonas!«, rief sie. »Komm, ich mache ein Foto von dir beim Spielen. Dann bist du auch mal drauf!«

Jonas' ängstliches Gesicht wandelte sich zu einem schüchternen Lächeln.

»Wirklich?«, fragte er.

»Na klar!«, versprach Ilka.

Rianna atmete tief durch. »Danke, Ilka! Manchmal wird mir das echt zu viel mit den Bekloppten!«

»Jonas ist nicht bekloppt!«, entgegnete Ilka bestimmt.

Rianna winkte lässig ab. »Ich weiß«, gab sie mit einer halbherzigen Entschuldigung zu. »Aber er benimmt sich manchmal so.«

Jonas reichte Ilka die Kamera. »Aber nicht löschen!«, warnte er.

Ilka hatte nicht vor, irgendwelche Bilder von seiner Kamera zu löschen.

»Natürlich nicht!«, versicherte sie ihm noch mal.

»Ich hab den Mann fotografiert«, gab Jonas ihr mit auf den Weg.

»Ja, ja, ich weiß«, rief Ilka ihm im Weggehen zu. Aber leider konnten sie mit den Aufnahmen ja nichts anfangen. Außer diesem seltsamen Hut war nichts zu erkennen gewesen.

»Da!«, zeigte Jonas.

Ilka hörte nicht hin.

Rianna lief zu den anderen Spielern ihrer Mannschaft, vergewisserte sich, dass auch Meike, Robin und Alexander wussten, was sie gleich nach Beginn des Spiels zu tun hatten. Besonders den kleinen, aber verbissenen und kräftigen Alexander nahm sie sich noch mal vor.

»Den da!«, zeigte Rianna auf den größten der Gegenspieler. Von dem hatte sie gehört, dass er enorm stark werfen konnte. Immer, wenn der den Ball bekam, sollte Alexander sich ruhig aus der Kreisdeckung herauslösen und direkt angreifen.

»Das ist dein Mann«, schärfte Rianna Alexander ein. »Wenn der den Ball hat, gehst du drauf, okay?«

Alexander nickte. »Draufgehen!«

»Gut!«, lobte Rianna. Sie wollte sich gerade an Meike wenden, um die letzten Dinge vor dem Anpfiff zu besprechen, als sie sah, wie Jonas an den Spielfeldrand zu Ilka lief.

Rianna seufzte tief. Was war denn nun schon wieder los? Jonas wollte doch wohl nicht etwa seine Kamera zurückholen!

»Jonas!«, brüllte Rianna übers halbe Feld. »Bleib hier!«

Jonas hörte nicht. Er lief auf Ilka zu, zog sie am Shirt und zeigte: »Da!«

Ilka folgte kurz seinem Blick. »Wo?«, fragte sie. »Was soll dort sein?« Sie konnte in der Zuschauermenge nichts erkennen, was Jonas gemeint haben könnte.

»Jonas hat den Mann fotografiert!«, wiederholte Jonas.

»Ja, ich weiß ...«, setzte Ilka gerade wieder an, als Lennart dazwischenging.

»Moment! Was meinst du, Jonas?«

Auch Lennarts Blick schoss jetzt hinauf in die Zuschauerränge.

Zum dritten Mal erzählte Jonas, dass er den Mann fotografiert hatte.

Erst jetzt begriffen Lennart und Ilka, was Jonas meinte: »Du hast ihn eben fotografiert? In den Zuschauern?«

Jonas nickte.

»Da!«

»Wo?«

»Da!« Jonas zeigte über die Zuschauerränge hinweg bis ganz nach hinten zur letzten Reihe. Genau dorthin, wo der Treppenaufgang zum Ausgang führte.

Jetzt entdeckte Ilka, was Jonas meinte. Der Mann mit dem speziellen Hut verließ gerade die Halle. Wieder sah Ilka ihn bloß von hinten. Nur weil sie Jonas nicht gleich zugehört hatte.

»Von wegen bekloppt!«, fluchte Ilka vor sich hin.

»Was meinst du?«, fragte Lennart, der die kurze Diskussion zwischen Ilka und Rianna ja nicht mitbekommen hatte.

»Schon gut!«, winkte Ilka ab. »Schnell, wir müssen hinterher.«

»Das schaffen wir nicht«, widersprach Lennart. »Ehe wir dort oben sind, ist der doch längst verschwunden. Vielleicht sind Linh und Jabali dort in der Nähe. Ich ruf sie an!«

Lennart zog sein Handy aus der Tasche, während der Schiedsrichter schon das Spiel anpfiff. Hastig kam Rianna angelaufen, um Jonas zurück aufs Spielfeld zu holen. Sie sah Lennart telefonieren.

»Was ist denn hier los?«, schimpfte sie. »Das Spiel geht los. Jonas macht Fotos, Lennart telefoniert. Was soll denn das?«

»RI-ANNAAAAA!« Bennis Ruf dröhnte durch die ganze Halle.

Tom grölte vor Vergnügen, weil in der Mannschaft, die die Fünf Asse betreuten, alles drunter und drüber ging.

»Jonas hat den Dieb gesehen!«, informierte Ilka Rianna.

»SPIELST DU NICHT MIT?«, brüllte Benni. Weil Rianna so weit weg am Spielfeldrand stand, verließ Benni sein Tor und wollte zu ihr laufen.

Svenja stellte sich ihm mit ihrem Rollstuhl in den Weg. »Bleib hier, Mann. Wir brauchen einen Torhüter!«

»Nur, wenn Rianna mitspielt!«, verlangte Benni.

Ein gegnerischer Spieler erkannte die Gelegenheit und wollte ins leere Tor werfen. Es war der Große, auf den Alexander aufpassen sollte.

»Draufgehen!«, sprach Alexander vor sich hin und sprang mit einem riesigen Satz den Großen an wie eine Raubkatze eine fliehende Gazelle.

Unter lautem Stöhnen ging der Große zu Boden. Alexander riss ihm den Ball aus der Hand.

Der Pfiff des Schiedsrichters ertönte.

»Was ist denn hier los?«, fragte er.

Rianna wandte sich ihm verwirrt zu. »Das möchte ich auch gern mal wissen!«, jammerte sie. »Verdammt, spielen wir nun, oder nicht?«

»Siebenmeter!«, entschied der Schiedsrichter. Außerdem eine Zeitstrafe für Alexander wegen besonders schweren Regelverstoßes ohne Verwarnung.

»Das geht ja gut los!«, stöhnte Michael.

»Bravo!«, klatschte Tom ironisch Beifall. »Weiter so, Fünf Asse!«

Seltsames Spiel

Es hatte Ilka einige Mühe gekostet, halbwegs Ordnung in die ganze Sache zu bekommen. Sie übergab Jonas an Rianna, die ihn aufs Spielfeld zurückführte. Zuvor hatte Ilka versprechen müssen, dass sie sich sowohl um den Mann mit dem Hut kümmerte als auch daran denken würde, von Jonas ein schönes Foto zu machen.

Lennart hatte inzwischen Jabali auf dem Handy erreicht und ihm mitgeteilt, wo sie den Mann gesehen hatten. Sofort machten sich Linh und Jabali auf den Weg.

Unterdessen lief das Spiel weiter. Benni war ins Tor zurückgekehrt und stellte sich zum Siebenmeter so auf, wie Jabali es ihm im Training oft gezeigt hatte. Benni stand wirklich gut, konzentrierte sich auf den Wurf. Der Gefoulte selbst stellte sich an der Siebenmeterlinie auf. Obwohl Benni trotz der Größe des Werfers keinerlei Angst zeigte und

sich unerschrocken vor ihm aufbaute, glaubte Ilka nicht daran, dass er den Siebenmeter würde halten können.

Der Große täuschte den Wurf an. Benni sprang hoch. Der Große täuschte ein zweites Mal. Wieder streckte Benni alle viere von sich. Und dann warf der Große – direkt in die Arme von Benni. Benni brauchte den Ball nicht einmal abzuwehren, sondern konnte ihn mühelos auffangen.

Jonas am Kreis hüpfte richtig vor Freude und spendete kräftigen Beifall.

»Yeah!«, rief Rianna und ballte die Siegerfaust.

Benni stand da, hielt den Ball in Händen und strahlte übers ganze Gesicht. Jetzt erst bemerkte er, dass das Publikum ihm applaudierte. Wie ein Schlafwandler taumelte er durch den Strafraum und schaute in die Zuschauermenge.

Auch Alexander schlug vor Freude die Hände zusammen, Svenja und Robin klatschten ebenfalls.

Nur Michael am Rand wunderte sich, statt zu jubeln: »Was war das denn für ein lascher Wurf? Ich denke, der Große ist so wurfstark.«

Auch Lennart kratzte sich nachdenklich am Kopf. Er hatte Alexander extra auf den Großen abgestellt, weil auch er gehört hatte, wie stark dieser Große angeblich werfen konnte. Den Siebenmeter aber hätte ein fünfjähriges Mädchen vermutlich härter aufs Tor geworfen als der Große eben.

Seltsamerweise schien niemand aus der gegnerischen Mannschaft sauer auf ihren Mitspieler zu sein, obwohl er so miserabel geworfen hatte. Im Gegenteil: Der Große strahlte ebenso wie Benni. Dann schaute er kurz ins Publikum, als ob er dort jemanden suchte, aber nicht fand. Dann wandte er sich wieder Benni zu. Bevor der den Ball zurück ins Spiel warf, lief der Große auf ihn zu, streichelte ihm über den Kopf und sagte: »Musst nicht mehr traurig sein.«

»Ich hab ihn gefangen!«, antwortete Benni entschieden, als ob der Große nicht mitbekommen hätte, was soeben geschehen war.

»Was tust du denn da?«, blaffte Rianna den Gegner an. »Geh zurück ins Feld. Und du, Benni, komm, wirf mir den Ball zu!«

Benni gehorchte. Rianna gab den Ball sofort weiter an Robin im Rollstuhl.

»So etwas hab ich noch nicht erlebt!«, staunte Michael noch immer am Spielfeldrand. »Was ist denn mit dem Großen los?«

Svenja kümmerte sich nicht darum. Sie rollte, so

 schnell sie konnte, nach vorn zum gegnerischen Tor, während Robin zu Alexander spielte. Der weiter zu Rianna. Rianna dann zu Svenja auf die Außenposition. Svenja täuschte an, als ob sie den Ball in die Mitte zu Meike spielen wollte, die sich etwas zurückhaltend am Kreis freigestellt hatte. Doch Svenja wusste, wie schlecht Meike fangen konnte. Deshalb warf sie lieber direkt aufs Tor. Der Ball schlug im spitzen Winkel in die untere rechte Ecke des Tores ein.

»Eins zu null für uns!«, jubelte Ilka. »Bravo! Super, Svenja!«

»Ich fasse es nicht.« Michael kam immer noch nicht aus dem Staunen heraus. Im Gegenteil, seine Verblüffung wurde immer größer. Niemand der gegnerischen Mannschaft ärgerte sich über das Gegentor.

»So wenig Siegeswillen hab ich noch nie gesehen!« Michael schüttelte fassungslos den Kopf.

Die Grünheimer begannen mit einem gellenden Pfeifkonzert.

Tom sprang wutschnaubend auf. »Was seid ihr denn für Pfeifen?«, brüllte er aufs Feld. »Ich will euch kämpfen sehen!«

Ilka drehte sich lässig zu ihm um. »Vielleicht können sie es nicht besser?«

Michael schaute skeptisch zu ihr herüber. Das

glaubte Ilka doch wohl selbst nicht. Jede Mannschaft der Welt hatte mehr zu bieten als das, was dieser Gegner da zeigte.

Auch beim nächsten Angriff wurde es nicht besser. Niemand bemühte sich, die Abwehrmauer zu knacken. Niemand zeigte einen entsprechenden Zug zum Tor. Kein Anspiel in die Mitte. Kein Zuspiel zum Kreisläufer. Kein Versuch, direkt aufs Tor zu werfen. Kein Provozieren eines Freiwurfs oder eines Siebenmeters, um wenigstens über eine solche Standardsituation zum Torerfolg zu gelangen. Sie behandelten den Ball wie beim Warmspielen im Training, aber niemand schien ernsthaft ein Tor erzielen zu wollen. Michael verstand die Welt nicht mehr.

Alexander machte sich darüber keine Gedanken. Wie ein Wachhund lag er auf der Lauer.

Rianna hatte ihm noch mal eingeschärft, dass auf den Gegner »draufgehen« nicht hieß, ihn über den Haufen zu rennen, sondern zu versuchen, ihm den Ball abzunehmen. Alexander bekam überhaupt nicht mehr mit, was um ihn herum geschah. Er hatte nur ein Ziel: den Ball zu bekommen. Sein Blick verfolgte stur den Ball, egal, von wem und wohin der Ball geworfen wurde. Dann hastete er ihm hin-

 terher, weil er kurz glaubte, er könnte den Ball erreichen. Aber schnell musste er einsehen, dass er keine Chance hatte. Dann stoppte er wieder.

Rianna, die aus der Mitte heraus die Abwehr organisierte, stachelte Alexander noch weiter auf: »Hol dir den Ball, Alexander. Hol ihn dir!«

Schließlich war es so weit: Einer der Gegner hatte den Großen anspielen wollen, doch den Ball ein wenig zu schräg geworfen. Der Große musste ein paar Schritte zur Seite machen. Doch da war Alexander schon zur Stelle. Wie ein abgeschossener Pfeil peitschte er auf den Ball zu, schnappte ihn sich aus der Luft und flitzte los.

Rianna sah ihm nach. »Dribbeln!«, brüllte sie. »Dribbeln!«

Alexanders größte Schwäche war, dass er im Eifer des Gefechts nicht auf seine Schritte achtete. Nur drei Schritte mit dem Ball in der Hand waren erlaubt, ohne zu dribbeln. Hunderte Male hatten sie im Training abpfeifen müssen, weil Alexander sich den Ball unter den Arm geklemmt hatte und losgerannt war wie beim Rugby oder Football. Die besten Zuspiele hatte Alexander auf diese Weise oft selbst zunichtegemacht. Doch jetzt achtete er auf Riannas Warnung, rannte dribbelnd übers ganze Spielfeld, sprang rechtzeitig vor dem Kreis ab und warf den Ball ins obere Toreck.

»Zwei zu null!«, jubelte Ilka und hüpfte vor Freude in die Höhe.

Auch Michael und Lennart spendeten großzügig Beifall. Das hatte Alexander wirklich toll gemacht. Ein toller Tempogegenstoß, der zu dem Tor führte.

Ilka ahnte, was Alexander zu dieser Höchstleistung angespornt hatte. Er konnte nicht verkraften, dass Benni zuvor so sehr für seine Parade gelobt worden war, obwohl der Große den Ball doch nur so lasch geworfen hatte. Entsprechend ließ Alexander sich jetzt feiern, als hätte er soeben das erste Tor in der Geschichte des Handballspiels geworfen. Er jubelte sogar noch, als das Spiel längst weiterlief und ihn schon niemand mehr beachtete.

»Alexander. Zurück in die Abwehr!«, rief Lennart ihm zu.

Alexander hörte nicht. Er genoss noch immer dieses großartige Gefühl, gefeiert zu werden. Nie zuvor hatte er etwas so Schönes erlebt. Nun begann er sogar, jedem in der ersten Reihe persönlich die Hand zu geben und sich für den Beifall zu bedanken.

Weil die Zuschauer sahen, wie viel Freude es Alexander bereitete, brauste der Beifall erneut auf.

Einige Zuschauer klopften ihm sogar auf die Schulter und riefen ihm lobende Worte zu.

Leider führte das auch dazu, dass Alexander Lennarts Rufe erst recht nicht hörte. Er ließ sich gerade auf der gegenüberliegenden Seite der Halle von den Zuschauern feiern, sodass Lennart nicht an ihn herankam. Wie ein Hampelmännchen sprang Lennart in seiner Coaching-Zone auf und ab, winkte Alexander zu und brüllte sich die Kehle aus dem Leib. Alexander hörte nicht. Und der Große der Gegner hatte freie Bahn, weil ihn niemand mehr angriff.

Rianna erkannte das Problem, wusste im ersten Moment aber auch nicht, was sie dagegen unternehmen sollte. Schließlich schickte sie Robin los. Der hatte in seinem Rollstuhl aber natürlich überhaupt keine Chance, an den Ball zu gelangen, den der Große in den Händen hielt. Allerdings durfte er ihn nur drei Sekunden so halten. Dann musste er abspielen, sonst würde der Schiedsrichter einen Freiwurf für Riannas Mannschaft pfeifen. Das wusste der Große. Er wusste nur nicht, wie lange drei Sekunden waren. Trotzdem spielte er den Ball gerade noch rechtzeitig ab. Und zwar genau in die Lücke, die Robin soeben hinterlassen hatte.

Einer der Rollstuhlfahrer aus der Bäckermannschaft fing den Ball und warf ihn aufs Tor. Wieder stellte der Wurf kein Problem für Benni dar.

»Glück gehabt, dass der nicht werfen kann«, sagte Michael zu Lennart.

Doch dann geschah wieder etwas äußerst Merkwürdiges.

Der Große lief auf den Werfer zu, stieß ihn rüde in die Seite und blaffte ihn an: »Nicht so doll werfen! Sonst ist er traurig!«

Er zeigte auf Benni. Der Rollstuhlfahrer entschuldigte sich.

Lennart pfiff auf zwei Fingern und zeigte Benni an, dass er den Ball zu Alexander spielen sollte. Vielleicht war der auf diese Weise ins Spiel zurückzuholen.

Michael wandte sich an Ilka. »Hast du das auch gehört?«

»Was der Große gesagt hat?«, fragte Ilka nach. »Ja!«

»Was meint der damit: ›Sonst ist er traurig‹?«, überlegte Michael.

Ilka wusste es nicht und konnte es sich auch nicht vorstellen. Genauso wenig wie sie verstand, weshalb die gegnerische Mannschaft so seltsam spielte. Das hieß, wenn man genau hinschaute, dann spielten die gar nicht seltsam. Sie warfen nur nicht

 aufs Tor. Zumindest nicht ernsthaft. Die Frage war, ob die Spieler es wirklich nicht besser konnten oder sie nicht wollten.

»Aber warum sollten die nicht wollen?«, fragte Lennart, als Ilka und Michael ihm von ihren Beobachtungen erzählten. Auch ihm war das seltsame Verhalten aufgefallen. »Immerhin hat der Bäcker ihnen 100 Euro pro Tor für die Spendenkasse versprochen. Da müssten sie sich doch gerade anstrengen, Tore zu werfen.«

»Vielleicht aus Mitleid mit Benni«, riet Ilka. Zumindest hatte sie die Worte des Großen gegenüber seinem Mitspieler so verstanden. Nur: Weshalb sollte jemand Mitleid mit einem gegnerischen Torhüter haben? So etwas hatte Michael noch nie gehört.

Ilka kaute auf ihrer Unterlippe. Mitleid. Vielleicht lag darin wirklich die Lösung, überlegte sie. Wenngleich sie sich nach wie vor keinen Reim auf das Verhalten der Gegner machen konnte. Erst recht nicht, weil es sich bei ihnen ja ebenfalls um Spieler mit Behinderungen handelte. Leute, die selbst nicht behindert waren und keine Erfahrung mit behinderten Menschen hatten, begingen oft den Fehler, Mitleid zu zeigen und mitleidig zu reagieren. Es war das Schlimmste, was man Behinderten antun konnte, hatte ihnen Rianna schon bei der ersten Begegnung und auch später immer wieder eingeschärft.

Aber der Große war selbst geistig behindert. Er hatte nicht den geringsten Grund, falsch angebrachtes Mitleid zu zeigen. Und dennoch: Sein Verhalten wies deutlich diese Merkmale auf.

»Tooooor!« Alexanders Jubelschrei riss Ilka aus ihren Gedanken. Dabei hatte diesmal gar nicht er das Tor erzielt, sondern Svenja. Ilka hatte es zwar gesehen, aber nicht bewusst wahrgenommen. Zu sehr war sie mit ihren eigenen Gedanken beschäftigt gewesen. Trotzdem applaudierte sie kräftig.

»Super, Svenja!«, rief sie ihr zu.

Svenja drehte vor Freude eine Pirouette mit dem Rollstuhl. Anders als Alexander zuvor jubelte sie nur ganz kurz und rollte sofort wieder nach hinten auf ihren Platz, um den nächsten Angriff der Gegner abzuwehren.

Erneut wurde Ilkas Aufmerksamkeit vom Spiel abgelenkt, als Lennarts Handy piepte.

Er las die SMS und rief den anderen zu: »Linh und Jabali haben den Mann gefunden!«

Linh und Jabali hatten selbst nicht dran geglaubt, den Mann tatsächlich zu finden. Sie waren so schnell wie möglich zu dem von Lennart angezeigten Aus-

gang geeilt. Aber da war von dem Mann bereits keine Spur mehr zu sehen. Nun mussten sie von vorne anfangen: Schließlich hätte der Mann ja nur den Hut abnehmen müssen und die Suche der beiden wäre chancenlos geblieben. Offenbar aber fühlte er sich zu sicher, als dass er auf den Gedanken gekommen wäre, den Hut zu verbergen. Oder er wusste nicht, wohin mit dem Hut. Oder er ahnte gar nicht, dass er aufgrund des Fotos wiedererkannt und verfolgt werden konnte. Oder er war sogar gänzlich unschuldig. Jedenfalls trug er den Hut nach wie vor. Es war Jabali, der den Mann plötzlich auf dem Gang entdeckt hatte. Der Mann stand an der Würstchenbude und aß eine Thüringer Bratwurst. Genau deshalb hatte Jabali ihn auch gesehen. Jabali liebte Eis über alles, aber auch der verlockende Geruch von frisch gegrillter Bratwurst zog ihn magisch an.

Jabali war also seiner Nase gefolgt, und noch ehe Linh ihn ermahnen konnte, dass sie wegen etwas Wichtigerem als Bratwürsten unterwegs waren, hatte Jabali den Mann schon entdeckt. Es kam ihm mehr als gelegen, dass er sich »zur Tarnung« selbst eine Bratwurst bestellen musste. So konnte er den Mann, den er noch immer nicht von vorn gesehen hatte, »unauffällig« beobachten. Linh konnte sich ein Schmunzeln nicht verkneifen und informierte sofort Lennart per SMS.

Der Mann unterhielt sich mit einem anderen, der eine Kamera um den Hals trug und eine Portion Pommes aß. Sieht aus wie ein Journalist, dachte Jabali. Was hatten die beiden zu besprechen? Ungeduldig wartete Jabali darauf, dass sie ihre Unterhaltung beendeten und der Mann mit dem Hut sich endlich umdrehte.

»Und du?«, fragte der Wurstverkäufer Linh.

»Eine Currywurst, bitte«, bestellte Linh. »Wenig Wurst und viel Curry!«

Der Mann stutzte kurz, überlegte, wie er die Bestellung ausführen sollte, entschied sich schließlich für die kleinste Wurst, die auf dem Rost lag, und streute eine dreifache Portion Curry drauf. »So?«

»Prima!«, bedankte sich Linh.

»Zahlen!«, rief der Mann mit Hut und reichte einen 10-Euro-Schein über den Tresen.

Bestimmt ein Schein aus unserer Kasse, dachte Jabali bitter.

Der Wurstverkäufer nahm den Schein, legte ihn neben seine Kasse und gab das Wechselgeld raus. Nun wollte er den Schein in die Kasse hineintun. Als er ihn in der Hand hielt, verharrte er einen Moment, schaute sich den Schein genauer an, drehte ihn

 zweimal, ließ ihn durch die Finger gleiten, um die Oberfläche zu befühlen, und legte ihn dann endlich zu dem anderen Geld.

»Der prüft das Geld genauer als die Leute von der Sparkasse«, flüsterte Jabali Linh zu und deutete mit einem vorsichtigen Kopfnicken auf den Wurstverkäufer.

»Ich wünschte, wir wären mit unserem Geld ebenso aufmerksam umgegangen«, antwortete sie und deutete über Jabalis Schulter hinweg auf den Mann, der sich zum Gehen bereit machte. Er nahm das Wechselgeld vom Tresen. Dazu drehte er sich um und endlich konnten Linh und Jabali sein Gesicht erkennen. Dann verabschiedete er sich von dem Mann mit der Kamera.

Linh schnappte nach Luft.

»Was hast du?«, fragte Jabali, der sofort erkannte, dass Linh etwas Aufregendes gesehen haben musste.

»Wir müssen auch schnell zahlen!«, rief Linh dem Wurstverkäufer zu.

»So eilig?«, fragte der Verkäufer verdutzt. »Was ist, schmeckt die Wurst nicht? Doch zu scharf?«

»Nö, die esse ich unterwegs«, antwortete Linh. »Dann mache ich mir noch Chili drauf.«

Der Wurstverkäufer verzog angewidert das Gesicht.

Jabali musste kichern. Linh zahlte schnell für beide und dann mussten sie sich auch schon sputen, um den Mann nicht aus den Augen zu verlieren.

»Hast du den Typen nicht erkannt?«, fragte Linh, während sie ihm hinterhereilten.

»Nö, du etwa?«, wunderte sich Jabali. Andererseits, jetzt, wo Linh es erwähnte, kam ihm das Gesicht auch irgendwie bekannt vor. Irgendwo hatte er den Mann schon mal gesehen, bloß wo?

»Wer ist es denn?«, fragte er.

»Bäckermeister Bremer!«, antwortete Linh.

Dem Dieb auf der Spur?

Von Jabali und Linh beobachtet, betrat Bäckermeister Bremer wieder die Halle, schaute auf die Anzeigentafel und nickte zufrieden: Mittlerweile stand es 8:0 für die Sieben Helden. Und es waren nur noch zwei Minuten zu spielen.

»Was ist denn mit dem los?«, fragte Jabali. »Seine Mannschaft hat katastrophal verloren und der freut sich noch.«

»Immerhin hat er eine Menge Geld gespart«, erinnerte Linh ihn. »Er wollte doch für jedes Tor 100 Euro spenden.«

»So gesehen hast du recht«, gab Jabali zu. »Meinst du, der hat geahnt, was für Pfeifen in seiner Mannschaft spielen?«

Linh wusste es nicht. Wie die anderen hatte sie zuvor nur gehört, dass die Bäckermannschaft eigentlich gar nicht so schlecht sein sollte.

»Möchte wissen, welche Hohlbirne die gesehen und einen solchen Mist erzählt hat!«, prustete Jabali in den Schlusspfiff hinein.

Unten auf dem Spielfeld lagen sich Rianna und

die anderen in den Armen! Mit einem so großartigen Sieg hatten sie niemals gerechnet.

Rianna klopfte jedem Einzelnen anerkennend auf die Schultern. Ein besonderes Lob hatte sie für Benni: »Zu null! Ich glaube, das hat noch nie ein Handball-Torhüter geschafft!«

»Wirklich nicht?« Bennis Gesicht glühte vor Glück und Stolz.

»Ich weiß es nicht«, gab Rianna zu. »Aber ich kann es mir nicht vorstellen!«

Benni riss die Arme hoch und rannte in der Halle hin und her.

»Zu null!«, brüllte er. »Zu null! Zu null!«

Alexander sah ihm hinterher, überlegte kurz, dann riss auch er die Arme hoch, begann genau wie Benni auf dem Feld herumzurennen und rief: »Acht Tore! Acht Tore!«

Rianna musste kichern. Auch Robin und Svenja kicherten über die beiden Jungs, die sich selbst beim Jubeln noch Konkurrenz machten.

Auch Ilka, Michael und Lennart gratulierten natürlich überschwänglich.

Lennart zwinkerte Rianna zu. »Du hast das Spiel toll geleitet!«

Rianna zwinkerte ein wenig verlegen zurück.

Michael ärgerte sich. Das Lob hätte *er* gern angebracht, aber leider war es ihm nicht eingefallen. Auch jetzt scharwenzelte er immer wieder dicht um Rianna herum, wusste aber nicht, was er mit ihr reden sollte.

»Zieht eure Trainingsjacken über«, riet Ilka. »Umzuziehen braucht ihr euch nicht. Ihr dürft euch aber auch nicht verkühlen.«

Michael lachte kurz auf und zeigte auf Benni und Alexander. »So wie die herumtoben, verkühlen die sich bestimmt nicht.«

»Schön«, sagte plötzlich eine fremde Stimme. »Nicht mehr traurig.«

Michael drehte sich um. Der Große aus der gegnerischen Mannschaft stand hinter ihm.

»Was? Wer?«, fragte Michael.

Der Große zeigte auf Benni und Alexander. »Die beiden.« Ein freundliches, ansteckendes Lachen überzog das Gesicht des Großen. »Nicht mehr traurig.«

»Warum sollten die traurig sein?«, wunderte sich Michael. »Die haben euch gerade 8:0 abgefidelt!«

»Fidel?«, fragte der Große.

»Gewonnen!«, übersetzte Rianna. »Wir haben 8 zu 0 gewonnen. Da gibt es für uns keinen Grund, traurig zu sein. Eher für euch.«

Der Große schüttelte energisch den Kopf. »Wir freuen uns auf den Jahrmarkt!«

Rianna warf den anderen einen fragenden Blick zu. Aber auch die hatten keine Ahnung, wovon der Große sprach.

»Was für ein Jahrmarkt?«, fragte sie deshalb nach.

»Karussell fahren!« Der Große konnte seine Vorfreude kaum verbergen. Vermutlich wollte er es auch gar nicht. »So viel wir wollen!«

Lennart wurde hellhörig. Und auch Ilka kräuselte die Stirn. Irgendwie hatte sie das Gefühl, dass da etwas nicht stimmte und den Gegnern offenbar etwas versprochen worden war. Vielleicht für eine Niederlage?

»Was ist eigentlich mit den 100 Euro pro Tor?«, hakte Ilka nach. »Ihr hättet eine Menge Spenden sammeln können, wenn ihr nicht so schlecht gespielt hättet!«

Die Miene des Großen verzog sich. »Wir sind nicht schlecht!«, behauptete er.

»Nee, klar«, widersprach Michael. »Das hat man ja gesehen!«

»Nicht treffen! Hat Onkel Becker gesagt!« Der

Große begann vor Wut zu schnauben. Sein Kopf lief rot an. »Bin nicht schlecht!«

Er ging sogar auf Michael los, schubste ihn ein wenig, zog die Hände jedoch sofort wieder zurück, ballte sie zur Faust, schnaubte noch mal und stieß aus: »Bin nicht schlecht!«

»Nein! Schon gut!« Michael sah Hilfe suchend zu Rianna, die tatsächlich zum Großen eilte.

»Kein Problem«, sagte sie sanft. »Er meint das nicht so. Er ist selber schlecht!«

»Aber ich nicht!«, beharrte der Große

»Nein, du nicht!«, bestätigte Rianna ihn.

Genau das Verhalten hatte Michael auch schon oft bei Benni und Alexander beobachtet. Vorsichtig trat er ein paar Schritte zurück. Rianna würde das schon regeln. Die konnte prima mit Benni und Alexander umgehen. Die würde auch mit dem Großen klarkommen. Michael verstand nicht, wieso der so beleidigt reagierte. Man hatte doch gesehen, wie schlecht sie gespielt hatten.

»Habt ihr gehört, was er gesagt hat?«, flüsterte Ilka Michael und Lennart zu.

Rianna ging unterdessen mit dem Großen ein wenig beiseite.

»Was meinte der damit: Benni soll nicht traurig sein?«, fragte Ilka weiter in die Runde.

»Ist doch klar!«, glaubte Michael Bescheid zu

wissen. »Diese Mongos flippen doch gleich total aus, wenn du die mal kritisierst. Haben wir ja bei Benni und Alexander oft genug erlebt. Da haben sie dem Großen eben erzählt, er wäre ein toller Spieler.«

Ilka verzog das Gesicht zu einem bösen Blick. »Alexander ist kein Mongo. Und der Große auch nicht. Nur Benni hat das Downsyndrom.«

»Aber einen an der Waffel hat der auch«, behauptete Michael.

Und empfing – zack – einen Schlag gegen den Hinterkopf. Rianna war hinter Michael aufgetaucht.

»Nur gut, dass du normal bist«, zischte sie. »Ausgerechnet du!«

Michael biss sich auf die Unterlippe und verstummte. Jetzt hatte er es sich schon wieder mit Rianna verdorben.

Rianna beachtete ihn gar nicht weiter, sondern informierte die anderen: »Mit Onkel Becker meinte Hannes, so heißt der Große nämlich, Bäckermeister Bremer. Der hat seinen Spielern erzählt, dass Bennis Mutter schwer krank ist und sich auf keinen Fall aufregen darf. Und wenn Benni Bälle durchlässt,

 das Spiel verliert und deswegen traurig ist, dann ist sie auch traurig und wird nicht gesund. Deshalb sollten sie Benni schonen und keine Tore erzielen!«

»Was?«, empörte sich Michael. »Das ist doch ...« Er holte tief Luft und überlegte, wie er es ausdrücken sollte, ohne bei den anderen anzuecken. »Ich meine, okay, das ist echt schlimm, wenn Bennis Mutter schwer krank ist, aber trotzdem ... Ich finde, dass ...«

»Sie ist nicht krank!«, unterbrach Rianna ihn.

Michael verstand nun gar nichts mehr. »Aber du hast doch gerade gesagt ...«

Rianna zog Michael zu sich heran, drehte ihn Richtung Zuschauerränge und zeigte auf die zweite Reihe hinter dem Tor. Dort stand Benni und umarmte eine erwachsene Frau, die ihm über den Kopf streichelte und zum Sieg gratulierte.

»Das ist seine Mutter«, erklärte Rianna. »Und glaub mir, die ist nicht schwer krank, die ist eine supergute Volleyballerin. Ich hab sie vor Kurzem in der Schule mal spielen sehen.«

Michael öffnete den Mund, schloss ihn wieder, öffnete den Mund, schloss ihn wieder. Er brachte einfach keinen Ton mehr heraus. Sprachlos. Genau wie Ilka und Lennart.

»Bremer hat das nur erfunden, damit seine Mannschaft kein Tor wirft, nehme ich an«, schlussfolgerte Rianna.

Und kam nun auf den gleichen Gedanken, den zuvor auch Linh schon gegenüber Jabali geäußert hatte. »Er verspricht für jedes Tor 100 Euro und sorgt dann dafür, dass seine Mannschaft kein Tor wirft und er das Geld spart.«

»Mit so einer gemeinen Lüge?«, empörte sich Ilka. »Zu erzählen, dass Bennis Mutter schwer krank ist? Das ist doch unglaublich. So etwas tut man doch nicht!«

»Dem Bremer traue ich das zu!«, warf Lennart ein. Es war gar nicht lange her, da hatte Bremer schon mal für Schlagzeilen gesorgt. Nicht als Wohltäter wie dieses Mal. Sondern weil er eine Angestellte seiner Bäckerei entlassen hatte, die von einem Stück Kuchen genascht hatte, das auf den Boden gefallen war. Man hätte es ohnehin nicht mehr verkaufen können, sondern hätte es wegwerfen müssen. Lennart kannte diese Geschichte von seinen Eltern, die sich beim Abendessen darüber empört hatten. »Letztendlich hat er sie wegen sogenannten Diebstahls entlassen, weil sie etwas aus dem Müll gegessen hat!«

»Wer so verkommen ist, der lügt auch geistig Behinderten die Hucke voll!« Davon war Michael überzeugt. Angewidert verzog er das Gesicht.

Ilka begriff allmählich die Zusammenhänge. »Und weil er in den Zeitungen so schlecht wegkam, will er jetzt sein Ansehen aufpolieren und spielt den Gönner und Wohltäter.«

Ilka zeigte auf die Plakate an den Wänden, von denen Bäckermeister Bremer strahlte.

»In Wahrheit aber zahlt er keinen Cent!« Auch Rianna verzog angeekelt das Gesicht.

»Aber die Spende?«, warf Lennart ein. »Er hat doch 500 Euro gespendet. Das wurde doch vor dem Spiel groß rumposaunt? Wenigstens die muss er doch bezahlen, oder?«

Linh und Jabali kamen angerannt. »Der Mann mit dem Hut ist Bremer! Der hat vermutlich unsere Kasse gestohlen!«, rief Linh noch ganz außer Atem.

»Und jetzt hat er sich gerade als Ehrengast in die Loge gesetzt!«, fügte Jabali hinzu.

Jonas' Sonnen gehen auf

Tatsächlich! Jetzt konnten es alle sehen. Bäckermeister Bremer trug seinen auffälligen Hut immer noch und hatte in der kleinen Loge Platz genommen, die extra für Ehrengäste eingerichtet worden war. Sogar der Bürgermeister hatte sich die Gelegenheit nicht nehmen lassen, sich bei diesem Wohltätigkeitsturnier sehen zu lassen. Direkt neben ihm saß breit und zufrieden Bäckermeister Bremer.

Michael beobachtete ihn mit düsterem Blick: »Der blöde Fettsack!«, schimpfte er leise vor sich hin. »Lässt sich feiern, aber in Wahrheit bestiehlt und belügt er die Kinder!«

Michael, Ilka, Lennart, Jabali und Linh saßen deprimiert am Spielfeldrand und warteten auf den nächsten Einsatz ihrer Sieben Helden. Eigentlich hätten sie die Taktik mit ihren Schützlingen noch mal durchgehen wollen. Doch niemand hatte den Nerv dazu. Zu sehr lag den Fünf Assen Bäcker-

 meister Bremer im Magen, der ihnen vermutlich die gesamte Flohmarktkasse geraubt hatte. Mehr als vermutlich: Weder Michael noch Rianna oder Ilka oder Lennart hegten daran noch irgendeinen Zweifel. Das Problem war, dass sie es nicht beweisen konnten. Darauf wies Linh immer wieder hin. Sie hatten rein gar nichts gegen den Bäckermeister in der Hand.

Gut, wenn es stimmte, was der Große ihnen erzählt hatte, hatte Bremer die gesamte Mannschaft belogen. Das war mies, aber nicht verboten. Daraus konnte man noch lange nicht ableiten, dass er auch die Kasse gestohlen hatte.

Svenja und Robin hockten in ihren Rollstühlen und blickten betrübt vor sich hin. Auch sie hatten voll verstanden, was Bremer angestellt hatte. Bei Meike waren die anderen sich nicht sicher. Alexander und Benni hatten das Problem nicht erfasst. Sie freuten sich einfach immer noch über ihren Sieg. Auf welche Weise er letztlich zustande gekommen war, interessierte sie nicht. Oder sie verstanden es nicht. Die beiden hatten die Köpfe zusammengesteckt und erzählten sich lautstark von ihren Heldentaten im Spiel.

Und Jonas kam wieder mit seinen Sonnen.

»Ich habe Sonnen gemalt«, wiederholte er unentwegt.

Michael platzte fast schon wieder der Kragen.

Irgendwann wurde es ihm zu viel. Aufbrausend blaffte er Jonas an: »Himmel, jetzt lass uns doch mal in Ruhe mit deinen bescheuerten Sonnen! Mal von mir aus noch 1000 Stück, aber halt endlich die Klappe!«

»Kein Papier mehr!«, entgegnete Jonas gelassen.

Michael stöhnte laut auf. »Hat jemand mal ein Stück Papier, damit der endlich Ruhe gibt? Ich kann das nicht mehr hören von seinen Sonnen.«

Linh bedeutete Michael, dass er sich beruhigen sollte. Michael presste die Lippen aufeinander. Er wusste, dass er Jonas unrecht tat. Eigentlich war er ja nicht auf Jonas wütend, sondern auf Bäckermeister Bremer. Trotzdem ging Jonas ihm mit seinen ewigen Wiederholungen auf die Nerven.

»Gibst du mir Papier aus deinem Geldbeutel?«, fragte Jonas Linh lächelnd.

»Aus meinem Geldbeutel?«, fragte Linh erstaunt nach. Sie bewahrte dort manchmal Quittungen und Fahrkarten auf oder kleine Zettel mit Telefonnummern oder anderen Notizen. Doch heute war nichts dabei. »Da hab ich kein Malpapier drin!«

Aber Jonas blieb hartnäckig. »Darf ich gucken?«

Linh zeigte ihm ihren geöffneten Geldbeutel. »Siehst du, da ist nichts!«

Jonas' Augen leuchteten. »Da!« Er zog einen 10-Euro-Schein heraus. »Auf Geldscheinen, das geht! Wie die anderen Sonnen.«

Linh sah ihn an, als hätte sie sich verhört. »Wie, auf Geldscheinen?«

»Es war langweilig«, erklärte Jonas. »Wollte malen. Hab dann Sonnen gemalt. Auf Geldscheinen.«

»Auf was für Geldscheinen denn?«, hakte Linh nach.

»Aus der Kasse«, sagte Jonas.

»Du hast ...?« Linh stoppte. Jetzt erst wurde ihr vollends klar, was das bedeutete. »Auf allen?«

Jonas nickte stolz.

»Dann sind die Scheine ja markiert!«, rief Linh aus.

Nun wurden auch die anderen hellhörig.

»Bremer hat markierte Scheine geklaut?« Lennart wollte sich lieber noch mal vergewissern, ob er das richtig verstanden hatte. »Mann, Jonas. Und das sagst du erst jetzt?«

Jonas schüttelte den Kopf. »Hab ich immer gesagt: Jonas hat Sonnen gemalt!«

Linh schlug sich mit der flachen Hand vor den Kopf. Jonas hatte recht. Von Anfang an hatte er erzählt, dass er Sonnen gemalt hatte. Aber niemand hatte ihm zugehört. Immer hatten sie ihn abgewürgt. Niemand hatte ernst genommen, was Jonas zu sagen hatte.

»Das hast du prima gemacht!«, lobte Linh ihn. »Und wir anderen haben uns ganz schön blöd angestellt. Hätten wir dir von Anfang zugehört ...«

Auch Jabali dämmerte jetzt, weshalb der Würstchenverkäufer den Geldschein, mit dem Bremer bezahlt hatte, so eingängig untersucht hatte. Dem war die aufgemalte Sonne aufgefallen. Hätte Jabali bloß genauer hingeguckt!

»Wer kann denn ahnen, dass er auf Geldscheinen malt?«, stieß Michael aus. »Auf jeden Fall können wir Bremer jetzt überführen.«

Für ganz so einfach hielt Linh die Sache nicht. Sie wussten nicht einmal, ob Bremer die Geldscheine immer noch bei sich trug. Und selbst wenn, würde er ihnen kaum sein gesamtes Geld zeigen. Und der eine Schein, mit dem er die Bratwurst bezahlt hatte, bewies gar nichts. Die Sonne darauf bewies nur, dass der Scheine aus ihrer Kasse stammte, nicht aber, dass Bremer ihn gestohlen hatte. Ebenso gut könnte es sich um Wechselgeld handeln. Auch der Bratwurstverkäufer hatte ja nun so einen Sonnen-

 Schein und war trotzdem kein Dieb. Und wenn Aussage gegen Aussage stand, dann würde die Polizei einem geistig Behinderten kaum mehr Glauben schenken als einem Geschäftsmann. Einem Geschäftsmann, der sich bei dem Turnier gerade als großer Wohltäter hervorgetan hatte.

Michael zeigte sich zerknirscht. Linh hatte recht. Standen sie damit wieder am Anfang? Nun kannten sie den Dieb und konnten dennoch nichts gegen ihn ausrichten?

»Ich denke, wir sind einen Schritt weiter«, fand Linh. »Denn wir kennen Bremers Plan und wissen, dass er unser Geld gestohlen hat. Wir müssen es nur noch beweisen.«

»Aber genau darin liegt ja das Problem!«, warf Ilka ein. »Wie willst du denn das hinkriegen?«

Linh hatte schon eine Idee. »Eigentlich ist es ganz einfach«, begann sie. »Wir müssen nur der Veranstaltungsleitung von dem Diebstahl erzählen und dass die gestohlenen Scheine markiert sind ...«

»Und dann?« Lennart konnte dem Plan nicht ganz folgen. Auch die Veranstaltungsleitung würde nicht auf einen bloßen Verdacht hin Bremers Taschen durchsuchen.

»Dann müssen wir dafür sorgen, dass Bremer das Geld ausgibt«, schlug Linh vor. »Und zwar direkt in die Hände der Veranstaltungsleitung!«

Klang eigentlich ganz gut, räumte Ilka ein. Nur, wie sollten sie das anstellen?

Auch Rianna war skeptisch. Die einzige Möglichkeit, die sie sich vorstellen konnte, wie Bremer plötzlich sein gesamtes Geld auf den Tisch legen musste, wäre ... Nein, das ging nicht.

Linh warf ihr ein freundliches Lächeln zu. »Ich glaube, du hast dieselbe Idee wie ich, Rianna. Und ich glaube, dass es funktioniert.«

»Aber wie?«, fragte Rianna.

Ilka, Michael, Lennart und Jabali kamen nicht mehr mit.

»Könntet ihr uns auch mal aufklären, was ihr vorhabt?«, verlangte Jabali ungehalten.

»Wenn die Bäckermannschaft viele Tore werfen würde«, erläuterte Rianna. Das war es, woran sie gedacht hatte. Bremer hatte ja für jedes Tor 100 Euro als Spende versprochen. Und er ging fest davon aus, dass seine Mannschaft kein Tor warf. Dafür hatte er ihr ja die Lügengeschichte aufgetischt. Und zudem noch der gesamten Mannschaft einen tollen Ausflug und unbegrenztes Karussellfahren auf dem Jahrmarkt versprochen. Wenn seine Spieler sich nun aber trotzdem nicht an das Ver-

 sprechen halten und dennoch Tore werfen würden, dann wäre Bremer darauf gar nicht vorbereitet. Höchstwahrscheinlich würde er mit dem gestohlenen Geld bezahlen müssen.

Linh stimmte Riannas Vorschlag zu. Genau darin bestand auch ihr Plan. Und sie ergänzte noch: Vermutlich habe Bremer noch nicht mal bemerkt, dass die Geldscheine mit Jonas' Sonnen markiert waren.

Jabali gefiel dieser Plan eigentlich recht gut. Lennart überlegte immer noch.

Michael hingegen schüttelte den Kopf. Er konnte sich nicht vorstellen, wie sie die Bäckermannschaft dazu kriegen sollten, plötzlich doch Tore zu werfen.

»Ein Spieler würde doch reichen, der mindestens drei Tore wirft«, antwortete Linh verschmitzt. »Dann muss er unsere 300 Euro ausgeben.«

»Und wer soll das sein? Willst du vielleicht bei der Bäckermannschaft mitspielen?«

»Ich nicht«, entgegnete Linh. »Aber warum nicht zum Beispiel Alexander?«

Alle Augen richteten sich auf ihn.

Alexander hatte nicht genau verstanden, worum es ging. Aber er sah, dass er plötzlich im Mittelpunkt der Aufmerksamkeit stand. Das gefiel ihm außerordentlich. Freundlich lächelte er in die Runde.

»Ich denke, wir holen uns unser Geld zurück!«,

rief Linh. »Dank Jonas, unserem Superdetektiv! Erst das Foto und dann das markierte Geld. James Bond ist nichts gegen dich, Jonas.«

Jonas strahlte und kicherte in sich hinein.

Alexander und Benni schauten verwirrt zu Jonas.

»Ich bin auch ein Detektiv!«, rief Alexander.

»Ganz genau!«, lachte Linh. Sie hatte sich schon gedacht, dass Alexander sich zu Wort melden würde, wenn sich plötzlich die Aufmerksamkeit auf Jonas richtete. »Und ich weiß auch schon, was du als Detektiv zu tun hast, Alexander. Komm mal mit.«

Spielertausch

Alexander fühlte sich gut. Er hatte verstanden, dass es von ihm abhing, das gestohlene Geld wiederzubekommen. Er war ein wichtiger Detektiv für die Sieben Helden geworden. Genau daran ließ er nun auch keinen Zweifel.

»Ich hole das Geld zurück«, berichtete er Jonas und Benni mit verschwörerischer Miene.

Jonas klopfte ihm aufmunternd auf die Schulter. »Gut! Ich mache Fotos!«

Benni schärfte ihm noch mal ein, worum es ging: »Du musst Tore werfen, hörst du?«

Alexander nickte. »Weiß ich. Hab ich schon. Im Spiel vorhin. Hast du nicht gesehen? Hab ganz tolle Tore geworfen!«

Benni nickte ihm zu. »Jetzt auch. Du musst Tore werfen. Drei Stück!«

300 Euro waren gestohlen worden. Genau diesen Betrag musste Bäckermeister Bremer für drei Tore seiner Mannschaft zahlen – mit all den kleinen, markierten Scheinen, die er gestohlen hatte.

»Drei Tore!« Benni streckte drei Finger in die

Höhe, weil er nicht sicher war, ob Alexander bis drei zählen konnte.

»Weiß ich!«, entgegnete Alexander bestimmt. »Eins-zwei-drei!« Nacheinander zeigte er Daumen, Zeigefinger und Mittelfinger. »Drei Tore.«

Die schwierigere Aufgabe oblag Linh und Rianna. Sie mussten dafür sorgen, dass einer der Bäckermannschaft ausschied und Alexander dafür als Ersatz einspringen durfte. Mit Bäckermeister Bremer konnten sie die Angelegenheit natürlich nicht besprechen.

Zuvor allerdings fand das Spiel der Bäckermannschaft gegen die Mannschaft statt, die von den Grünheimern betreut wurde. Nachdem die Sieben Helden so haushoch über die Bäckermannschaft gesiegt hatten, wollten die Grünheimer natürlich nicht zurückstecken und gaben das Ziel aus, mindestens 10:0 zu gewinnen.

»Auf jeden Fall zu null!«, hörte Michael Tom die Anweisung an die Mannschaft geben.

Michael schüttelte den Kopf. Allerdings musste er einräumen, dass Tom noch nichts von Bremers Machenschaften wusste. Also ging er hin und erzählte ihm davon.

Toms Reaktion aber fiel gänzlich anders aus, als Michael erwartet hatte. Tom lachte Michael nur an. »Du meinst, auf solch einen plumpen Trick fallen wir herein? Ihr wollt doch nur, dass wir jetzt gegen die Bäcker verlieren, nachdem ihr gewonnen habt. Nichts da! Wir schlagen sie auch!«

»Aber es stimmt!«, fuhr Michael ihn an. »Mann, uns wurde das Geld gestohlen und ...«

Tom unterbrach ihn, indem er Michael einen Vogel zeigte. »Klar! Weißt du, wie viel Geld Bremer hat? Der unterstützt das Turnier großzügig. Der hat es gerade nötig, Schülern Geld am Flohmarktstand zu klauen. Ich lache mich tot. Fragt doch lieber mal eure Schwachsinnigen, wer von denen das Geld verbummelt hat.«

»Schwach...?«, wiederholte Michael. Ihm blieb das Wort im Hals stecken. »Wer hier wohl schwachsinnig ist!«

Gerade wollte Michael wütend auf Tom losgehen, doch da hielt ihn eine Hand zurück. Michael drehte sich um und sah Rianna. »Lass den Blödmann!« Mit giftigem Blick schaute sie Tom an, der hochnäsig abwinkte.

»Genau, Michael. Zieh Leine mit deiner Prothesentante!«

Rianna lächelte Michael an, ging einen Schritt auf

Tom zu und trat ihn mit dem Prothesenfuß gegen das Schienbein.

Tom schrie auf, sackte zusammen und hielt sich das Bein. »Spinnst du?«, fauchte er Rianna mit schmerzverzerrtem Gesicht an.

»Titan«, erklärte Rianna ihm gelassen und tätschelte liebevoll ihre Beinprothese. »Die Beine sind aus Carbon und die Füße aus Titan. Härter als Knochen. Also leg dich nicht mit mir an, sonst kannst du gleich bei uns Krüppeln mitspielen, klar?«

Tom krempelte seine Hosen hoch und entdeckte mit Entsetzen einen riesigen dunkelblauen Fleck auf seinem Schienbein. »Mann!«, jammerte er. »Wie ist die denn drauf?«

»Ich find sie klasse!«, grinste Michael. Und bemerkte erst jetzt, dass Rianna das auch gehört hatte. Vor Verlegenheit lief er sofort rot an. Als er einen Blick in ihre Richtung wagte, sah er, wie Rianna ihn anlächelte.

»Ehrlich?«, fragte sie.

Michael schluckte zweimal, bevor er zaghaft nickte. »Ja«, stammelte er. »Ehrlich.«

»Hättste mir ruhig schon mal früher sagen können«, fand Rianna.

Michael zuckte mit den Schultern. Das hatte er ja vorgehabt, aber irgendwie war es nie dazu gekommen. Außerdem hatte er sich nicht getraut und überhaupt ... Aber das alles sagte er Rianna natürlich nicht. Stattdessen zuckte er noch mal mit den Schultern.

»Komm«, sagte Rianna und hakte sich bei Michael ein. »Wir haben noch einiges zu tun.«

Die beiden drehten sich um und gingen zurück zu den anderen. Tom kriegte davon nichts mit. Der hockte noch immer auf dem Boden und rieb sein schmerzendes Bein, das nun auch noch unangenehm zu pochen anfing. Mühsam stand er auf und humpelte zu seinen Kumpels.

Ilka sah ihn von Weitem, als Michael und Rianna bei ihr ankamen. »Was ist denn mit Tom los?«, fragte sie. »Der humpelt ja, als hätte ihn ein Pferd getreten.«

»Schlimmer!«, kicherte Michael mit einem Seitenblick auf Rianna.

Rianna musste auch kichern, bevor sie dann ernst ergänzte: »Aber die Grünheimer begreifen die Lage nicht. Das heißt, die Bäcker werden wieder zu null verlieren.«

Ilka schnippte mit den Fingern. »Mann, genau das ist doch die Lösung! So bekommen wir es hin!«

Ilka war überzeugt: Niemand würde ihnen glauben, wenn sie von dem Verbrechen erzählten, dem sie nachspürten. Denn ihre einzigen Zeugen waren geistig behindert. Die nahmen die Erwachsenen nicht ernst.

Rianna stimmte Ilka vorbehaltlos zu. Sie kannte das aus ihrer Integrationsklasse. Zwar wurden ihre geistig behinderten Mitschüler nett betreut, aber wenn sie etwas Ernstes zu berichten hatten, dann hörten die Betreuer oft genug nicht richtig hin.

Aber auch für Erwachsene war das vollkommen unterschiedliche Niveau der Mannschaften nicht zu übersehen. Da niemand ahnte, dass die Bäckermannschaft absichtlich keine Tore warf, musste es den Lehrern, den Veranstaltern, den Trainern, allen Erwachsenen doch in der Seele wehtun, wie die behinderten Schüler der Bäckermannschaft hier eine hohe Niederlage nach der anderen kassierten.

Auch jetzt stand es schon wieder 5:0 für die von den Grünheimern betreute Mannschaft. Tom und die anderen Grünheimer jubelten und feixten. Der Große und die anderen aus der Bäckermannschaft nahmen ihre Niederlage gelassen hin. Sie freuten sich auf ihre Karussellfahrten am nächsten Tag und machten aus ihrer Sicht alles richtig.

Jetzt war es Zeit für den nächsten Schritt: Ilka nahm Rianna mit und gemeinsam gingen sie zu Frau Kick, um ihren Plan umzusetzen.

Frau Kick reagierte, wie Ilka es sich schon gedacht hatte. Sie zog die Stirn kraus und schien zu überlegen, was man dagegen unternehmen konnte, dass die Bäckermannschaft so dermaßen hoch verlor.

»Das ganze Turnier soll doch das Selbstbewusstsein der Schüler stärken«, bedauerte sie. »Und jetzt das.«

Sie zeigte aufs Feld, wo Hannes den Ball weit übers Tor warf. Im Gegenzug traf die Grünheimer Patenmannschaft gerade das 8:0. Die Grünheimer jubelten. Hannes blickte hinauf ins Publikum. Ilka folgte unauffällig seinem Blick und landete bei Bäckermeister Bremer, der Hannes und den anderen Spielern freundlich zunickte. Hannes freute sich nun ebenfalls und er und seine Mitspieler klatschten sich gegenseitig ab, als hätten sie soeben ein Tor geworfen.

»Ich verstehe das nicht.« Frau Kick schüttelte verständnislos den Kopf. »Die scheinen sich noch zu freuen. Vielleicht haben sie das Spiel gar nicht richtig verstanden.«

Ilka war drauf und dran, ihren Plan aufzugeben und Frau Kick einfach zu erzählen, was sie herausbekommen hatten. Doch ein kleiner Stoß von Rianna in ihre Seite hinderte sie daran. Rianna hatte recht mit ihrer versteckten Mahnung. Nach wie vor konnten sie nichts von all den Ungeheuerlichkeiten beweisen. So verkniff Ilka es sich, Frau Kick einzuweihen, und folgte weiter ihrem Plan: »Rianna und ich haben da eine Idee, wie man die Spielstärken vielleicht gerechter verteilen könnte.«

Frau Kick merkte auf. »Ach ja?«

»Alexander könnte bei der Bäckermannschaft mitspielen!«, schlug Rianna vor, so wie sie es vorher mit Ilka besprochen hatte. »Dafür nehmen wir einen von denen.«

»Alexander?«, wiederholte Frau Kick nachdenklich. Sie schien sich diese Variante gerade im Geiste vorzustellen. »Meint ihr, Alexander ist gut genug, dass er da etwas bewirken könnte?«

»Ganz bestimmt!«, versicherte Ilka. Denn sie wussten ja, dass die Spieler der Bäckermannschaft gar nicht schlecht spielten, sondern absichtlich nicht trafen. Es kam nur darauf an, dass Alexander diesen Bann brach und damit Bäckermeister Bremer aus der Reserve lockte.

»Na, wenn ihr meint«, ließ sich Frau Kick über-

 zeugen. »Dann werde ich gleich mal versuchen, mit Herrn Bremer zu reden.«

Auch darauf waren Ilka und Rianna vorbereitet. Zwar war Bäckermeister Bremer offiziell nicht nur Sponsor, sondern auch Trainer der Brot-und-Spiele-Mannschaft – vermutlich, weil sein Plan sonst nicht aufgegangen wäre –, aber er saß nicht auf der Trainerbank, sondern in der Ehrenloge. Die Betreuung seines Teams während des Turniers hatte er einer Lehrerin übertragen. Ganz offensichtlich hatte die aber keinen blassen Schimmer vom Handball.

»Das machen wir schon«, erklärte Ilka und zeigte zum Spielfeldrand. Dort hatten Linh und Jabali bereits gemeinsam mit Alexander die Pädagogin aufgesucht.

»Sehen Sie?«, zeigte Ilka. »Linh klärt es gerade.«

»Oh!«, staunte Frau Kick. »Das ist aber nett. Na ja, wenn Frau Neander-Niederbach einverstanden ist, meinen Segen habt ihr!«

»Danke!«, rief Ilka und stieß Rianna freudig in die Seite. Und schon drehten sich beide um und rannten zurück zu ihrer Mannschaft. Ihr Plan ging auf!

Eine überraschende Wendung

Alexander fühlte sich mächtig wichtig. Nervös ging er auf und ab, suchte immer wieder den Kontakt zu seinen Freunden Jonas und Benni. Verschwörerisch steckten die drei die Köpfe zusammen, schielten hin und wieder verstohlen hinauf zu Bremer, der nichts ahnte und sich selbstzufrieden als großer Mäzen bewundern ließ.

»Ich bin ein Detektiv«, kicherte Alexander immer wieder. Auch Jonas und Benni schlugen sich die Hände vor den Mund, um ihr Grinsen zu verbergen.

»Nachher muss er mit den Sonnen-Scheinen zahlen«, erinnerte Jonas noch mal daran, dass er es gewesen war, der die Scheine markiert hatte.

»Du musst nach unten werfen«, gab Benni Alexander noch mit auf den Weg. »Bücken ist schwer. Ich weiß das. Ich bin Torhüter.«

Alexander nickte. »Unten in die Ecke.«

»Ja!«, bestätigte Benni wieder. »Nach unten. Ist schwer.«

Dann streckte er wieder drei Finger empor und fuchtelte Alexander damit vor dem Gesicht herum. »Drei Tore.«

Auch Jonas wusste, weshalb. »Drei Tore sind 300 Euro. Meine Sonnen-Scheine!«

Alexander hüpfte aufgeregt auf und ab. Von ihm aus konnte das Spiel sofort losgehen. Aber er musste sich noch einen Moment gedulden.

Rianna und die Fünf Asse beobachteten zufrieden, wie sehr sich Alexander auf seine Aufgabe freute und mit welcher Leidenschaft ihn Jonas und Benni unterstützten.

Komplizierter war es mit dem Austauschspieler der Brot-und-Spiele-Mannschaft. Die Lösung lief über Hannes aus der Bäckermannschaft, glaubte Rianna. Er hatte ihnen bereitwillig verraten, was Bremer ihnen erzählt hatte. Vielleicht war er bereit, mit ihnen zusammenzuarbeiten, wenn man ihm erklärte, dass Bremer sie an der Nase herumführte. Zumindest war es einen Versuch wert. Irgendwie mussten sie ihn dazu bringen, in ihre Mannschaft zu wechseln. Einfach so würde er es kaum tun. Sicher fürchtete er, seine Karussellfahrten aufs Spiel zu setzen, die ihm Bremer versprochen hatte.

Noch immer berieten die Fünf Asse mit Rianna, Robin und Svenja, wie sie Hannes den Wechsel am besten schmackhaft machten. Sie wollten ihn weder belügen noch ihm falsche Versprechungen machen. Die Zeit drängte. Erschien Alexander das Warten bis zum Spiel auch unendlich lange, so saß ihnen in Wirklichkeit die Zeit im Nacken. Sie mussten nicht nur schnellstens eine Lösung finden, sondern sie dann auch noch dem Großen und den anderen erläutern.

Linh hatte Frau Neander-Niederbach gebeten, dass sie zuerst mit Hannes sprechen sollte, bevor sie selbst der Mannschaft den Spielertausch erläuterte.

Es hatte Linh keine große Überzeugungskraft gekostet, denn für die Pädagogin war der Tausch gar keine Frage gewesen. »Wenn es doch viel gerechter ist«, hatte sie gesagt. »Das werden die Schüler doch einsehen.«

Von Siegeswillen im Sport oder gar dem Kämpfen für eine Siegprämie hatte die gute Frau offenbar noch nie etwas gehört. Und die Karussellfahrten bedeuteten für die Bäckermannschaft nichts anderes. Es war eine Prämie fürs Verlieren. Es würde nicht leicht werden, den Großen von diesem Ziel abzubringen.

Michael hatte natürlich sofort vorgeschlagen,

Hannes einfach doppelt so viele Karussellfahrten zu versprechen. Aber damit hatte er sich erneut Ärger mit Rianna eingehandelt.

»Meinst du, man kann sie belügen und betrügen, nur weil sie geistig behindert sind?«, hatte Rianna ihn angeschnauzt. Daraufhin hatte Michael beleidigt den Mund gehalten. Egal, was er sagte, dachte oder tat: Im Umgang mit diesen Behinderten lag er irgendwie immer falsch.

Dann hatte Linh die entscheidende Idee, wie sie es anstellen konnten. »So, wie Rianna es uns beigebracht hat.«

Rianna wunderte sich. »Ich?«

»Jeden ernst zu nehmen«, erklärte Linh. »Tun wir doch genau das und erklären Hannes einfach, worum es geht. Alexander hat es auch verstanden, ebenso wie Jonas und Benni. Warum soll Hannes es nicht begreifen? Zeig ihm doch Bennis Mutter, Rianna, die angeblich so schwer krank ist!«

Alle staunten Linh an. Ihre Idee war so einfach wie genial.

»Aber klar!«, rief Rianna begeistert aus. »So machen wir das!«

Sofort rannte Rianna los und begann, Hannes alles zu erklären.

Linh und die anderen schauten von Weitem zu. Sie sahen, wie Rianna auf Bennis Mutter zeigte. Sie sahen, wie der Große ungläubig den Kopf schüttelte. Und auch, wie Rianna Hannes immer wieder festhalten musste, weil der offenbar gleich auf die Tribüne zu Herrn Bremer laufen wollte.

Es dauerte eine ganze Zeit, bis Hannes in die andere Richtung abdrehte und Rianna zurück zu Linh und ihren Freunden begleitete.

Rianna strahlte. »Alles klar«, rief sie den anderen zu. »Er hat's verstanden.«

Hannes ging direkt auf Benni zu. »Deine Mami ist gesund.«

Benni nickte verblüfft. »Ja! Wieso nicht?« Er reckte sogleich den Hals, um nach seiner Mutter zu schauen. »Mami?«

»Ist gut, Benni«, versicherte Rianna. »Alles bestens. Deiner Mutter geht's super.«

»Wir werfen Tore!«, versprach Hannes.

»Genau!«, bestätigte Rianna. »Wir haben alles besprochen. Wir brauchen gar keinen Tausch mehr.«

Alexander schaute Rianna an, als sei sie eine Außerirdische.

»Ich bin Detektiv!«, rief er. »Ich muss spielen.«

Rianna und die Fünf Asse wussten nicht recht, was sie nun tun sollten. Erst hatten sie Alexander gebe-

ten und überzeugt, in der anderen Mannschaft mitzuspielen. Nun wollten sie diesen Plan wieder rückgängig machen. Wären sie nur früher auf die Idee gekommen, mit Hannes und den anderen der Bäckermannschaft einfach ganz normal zu reden, wie sie es mit jedem Nichtbehinderten auch getan hätten, hätten sie sich das alles sparen können. Aber jetzt war es nun mal passiert – und sie mussten eine Lösung finden, mit dieser Situation umzugehen.

Rianna verzog das Gesicht. Dass ausgerechnet ihr so ein Fehler passiert war! Sie selbst predigte doch immer, Behinderte nicht anders zu behandeln. Nun hatte sie selbst genau das getan. Wie auch immer, sie konnten Alexander nun nicht einfach übergehen.

Auch Linh sah die Sache so. »Wie wär's denn, wenn ihr beide abwechselnd spielt?«, schlug Linh vor. »In der ersten Halbzeit Alexander, in der zweiten Hannes.«

Alexander überlegte kurz, dann war er einverstanden.

Hannes hingegen fand die Idee nicht so toll. Die ganze Zeit hatte er absichtlich verloren. Jetzt, wo er gewinnen durfte, sollte er nur die halbe Zeit spielen. Das gefiel ihm nicht.

Doch Linh setzte nach. Vielleicht, lautete ihre Überlegung, wäre es für einen fremden Spieler zunächst einfacher, Bäckermeister Bremers Anweisung zu missachten. Die anderen brauchten dann nur nachziehen.

»Und ...« Ilka schnippte mit den Fingern, weil ihr soeben ein feiner Gedanke in den Sinn geschossen war. »Wenn ihr gemeinsam viele Tore werft, dann muss Bremer auch viel spenden. Und wenn viel Geld gespendet wird, dann ist bestimmt auch ein Jahrmarktausflug mit Karussellfahrten drin. Und zwar nicht nur für die Bäckermannschaft, sondern für alle, die beim Turnier gespielt haben.«

Hannes' Miene hellte sich auf. Auch Alexanders, Bennis, Jonas' und sogar Riannas Augen begannen zu blitzen. Ilka hatte vollkommen recht. Jahrmarkt für alle – wenn das kein Anreiz war!

Sogar Robin und Svenja schlugen ein, auch wenn sie wegen ihres Rollstuhls in den meisten Karussells nicht mitfahren konnten. Robin liebte Losbuden. Und Svenja ließ sich für ihr Leben gern in einen Wagen der Geisterbahn heben und fuhr dann fünf, sechs Runden hintereinander.

Gerade rechtzeitig zum Anpfiff waren sich alle einig. Das Spiel der Bäckermannschaft konnte beginnen. Bäckermeister Bremer würde staunen!

Freiwurf

Hannes hatten die Fünf Asse auf ihrer Seite. Allerdings hatten sie nicht mehr die Zeit gehabt, seine gesamte Mannschaft einzuweihen. Außerdem wäre die Gefahr zu groß gewesen, dass der Plan der Fünf Asse zu früh bis zu Bäckermeister Bremer durchgesickert wäre, wenn zu viele davon wussten.

So staunten Hannes' Mitspieler zunächst nicht schlecht, als bei Spielbeginn Alexander statt Hannes auflief. Am meisten überrascht zeigte sich aber natürlich Bäckermeister Bremer selbst.

»Was ist denn da los?«, brummte er ungehalten auf seinem Tribünenplatz, als er Alexander entdeckte. »Wer ist der Junge?«

»Der ist von uns«, antwortete ihm Frau Kick. Linh hatte sie dann kurzfristig doch noch gebeten, sich in Bremers Nähe zu setzen, um ihm den Tausch zu erklären. »Die Kinder hatten die Idee, damit das Spielniveau ausgewogener ist. Ich bin richtig stolz auf meine Schüler, dass die selbstständig einen so sozialen Gedanken entwickelt haben.«

»Ach ja?«, brummte Bremer unwillig.

»Ja«, schwärmte Frau Kick weiter von ihren Schülern. »So haben die Spieler in Ihrer Mannschaft auch ein Erfolgserlebnis. Und nebenbei kommen ein paar Spenden zusammen. Sie haben doch pro Tor 100 Euro versprochen, nicht wahr?«

Bäckermeister Bremer lief rot an. Sein Gesicht verzog sich zu einer Grimasse.

»Entschuldigung«, sagte er kurz und knapp, erhob sich und verließ seinen Platz.

Was hat er denn?, fragte sich Frau Kick.

Unten auf dem Feld hatte das Spiel begonnen. Da die Bäckermannschaft sich in den vorangegangenen Spielen alles andere als torgefährlich gezeigt hatte, nahmen die Gegner sie kaum noch ernst. Daher wurde Alexander auch nicht angegriffen, als er das erste Mal den Ball erhielt. Er fing ihn, lief zwei Schritte bis zum Sprungkreis und warf mit voller Wucht aufs Tor. Ins untere rechte Eck, so wie Benni es ihm etliche Male erklärt hatte.

Der Torhüter hatte nicht einmal Zeit, überhaupt zu reagieren. Ungehindert schlug der Ball ins Tor ein.

1:0 für die Bäckermannschaft.

Alexander drehte ab zu seinem Torjubel.

Weil sie zuvor so miserabel gespielt hatten, schlu-

gen die Herzen der Zuschauer schon aus lauter Mitleid für die ewigen Verlierer. Entsprechend groß fiel der Jubel jetzt aus.

Nur bei allen anderen Spielern im Feld löste dieses Tor pures Entsetzen aus. Beim Gegner, weil sie die Ersten waren, die gegen die Bäckermannschaft ein Tor zugelassen hatten. Und bei den Spielern der Bäckermannschaft selbst, weil sie nun dachten, ihr Jahrmarktausflug würde gestrichen. So hatte Bremer es ihnen eingebläut.

Einige stürmten sogar auf Alexander los, um sich bei ihm wegen des Tors zu beschweren. Sie wollten sich – genau wie zuvor Hannes – ihren Jahrmarkt nicht kaputt machen lassen.

Auch Bremer tauchte nun unten am Spielfeldrand auf.

»Was soll das?«, bölkte er Frau Neander-Niederbach an. »Wieso spielt ein fremder Junge bei uns mit?«

»Ist es nicht wunderbar?«, freute sich die Pädagogin. »Nun haben wir auch mal ein Tor geworfen. So überraschend. Unsere Spieler können sich noch gar nicht richtig freuen.«

»Nehmen Sie den runter!«, verlangte Bremer.

Doch genau diese Situation hatte Linh vorhergesehen. Und sie war darauf vorbereitet. Linh führte eine sportliche Frau zum Spielfeldrand, wo nicht nur Bremer mit der Lehrerin stritt, sondern auch Alexander von seinen neuen Mitspielern umringt und beschimpft wurde.

»Seht mal!«, rief Linh den Spielern zu. »Das ist Bennis Mutter!«

Auch Benni tauchte nun neben seiner Mutter auf.

Die Spieler verstummten und starrten Bennis Mutter an.

»Sieht so eine Kranke aus?«, fragte Linh.

»Ich bin kerngesund!«, rief Bennis Mutter nun selbst den Spielern zu. »Und denkt dran, wenn ihr viele Tore werft, gibt es viel Geld. Dann können wir alle zum Jahrmarkt!«

Bennis Mutter war natürlich eingeweiht.

Die Spieler stutzten, überlegten, doch als Hannes ihnen dann noch fröhlich zunickte, begannen sie plötzlich, in Alexanders Torjubel einzustimmen.

»Moment! Moment!«, warf Bremer ein. »So haben wir nicht gewettet!«

»Doch!«, widersprach Bennis Mutter. »Genau so haben Sie gewettet. Für jedes Tor 100 Euro!«

»Ja! Das stimmt!«, bestätigte Frau Neander-Niederbach. »Jetzt haben wir schon die ersten 100 Euro. Vielen Dank für Ihre großzügige Spende!«

»Aber ...!«, wollte Bremer einwenden. Doch dazu kam er nicht.

»Was ist denn nun?«, fragte der Schiedsrichter, der ratlos herbeieilte. »Geht es nun weiter, oder nicht?«

»Jaaaa!«, riefen die Spieler wie aus einem Mund.

In Windeseile stellten sie sich um Alexander auf und erwarteten den Angriff der Gegner.

»Ball erobern!«, rief Alexander, so wie er es in seiner Mannschaft gelernt hatte.

Seine Mitspieler hörten auf ihn. Sie gingen auf den Gegner los wie die Teufel, hatten sich in Sekundenschnelle den Ball zurückerobert, kamen mit wenigen Spielzügen vors gegnerische Tor und knallten ihn hinein. 2:0.

Die Gegner waren so verdutzt über die plötzlich veränderte Spielweise der Bäckermannschaft, dass sie völlig von der Rolle waren. Kein einziges Zuspiel gelang ihnen, die Zuordnung in der Abwehr geriet vollkommen durcheinander. Schon nach kurzer Zeit führte die Bäckermannschaft mit 5:0.

Bäckermeister Bremer am Rand des Feldes wurde immer blasser.

Langsam und unmerklich versuchte er, sich davonzuschleichen. Er machte leise zwei, drei Schritte zurück, drehte sich klammheimlich um und wollte sich gerade aus dem Staub machen. Da stolperte er über einen Rollstuhl.

»Oh Verzeihung!«, rief ihm Svenja mit einem spitzbübischen Lächeln zu. »Sie sind über meinen Rollstuhl gefallen.«

»Wir helfen Ihnen hoch!«, boten sich Michael und Lennart gleich an, packten Bäckermeister Bremer an den Armen und ließen ihn nicht mehr los.

»Wir begleiten Sie gern hinauf zur Turnierleitung«, versprach Linh.

»Da wollten Sie doch sicher hin, um Ihre Schulden einzulösen?«, setzte Bennis Mutter nach.

»Und wenn da einige Scheine dabei sind, auf denen hübsche Sonnen gemalt sind«, fuhr Ilka fort, »die waren sowieso als Spende gedacht. Allerdings zusätzlich zu Ihren Tor-Spenden. Wenn Sie verstehen, was wir meinen.«

Jabali klärte Bremer über die markierten Scheine auf. »Wir lieben Sonnen-Scheine, wissen Sie?«, grinste er.

Und so führten die Fünf Asse, unterstützt von Bennis Mutter, Benni, Rianna, Svenja und den anderen, Bäckermeister Bremer ab – hinauf zur Turnierleitung.

Das Spiel seiner Mannschaft endete schließlich 10:3 für die Bäckermannschaft.

Das bedeutete 1000 Euro für die erzielten Tore plus 300 Euro für den Flohmarkterlös, die Bremer an die Behindertenstiftung spenden musste. Ein grandioser Sieg für die Fünf Asse und ihre neuen Freunde von der integrativen Schule, den sie am nächsten Tag ausgiebig auf dem Jahrmarkt feierten.

Als alle an der Würstchenbude standen und Jabali bei einer dreifachen Portion Bratwurst und Linh bei Currywurst mit wenig Wurst und viel Curry erzählten, wie sie Bremer auch an einer Würstchenbude entdeckt hatten, sah Michael sich suchend um. Wo steckte Rianna?

Schließlich entdeckte er sie an einem Stand gegenüber.

Michael lief hinüber zu ihr. »Was machst du hier?«, fragte er.

Rianna zeigte nur lächelnd auf das Schild: »Die Dame ohne Unterleib und andere Sensationen!«

Ein Mann mit einem Mikrofon lief auf der Bühne auf und ab und bemühte sich lautstark, die Besucher zum Eintritt zu bewegen. Hinter ihm ein geschlossener Vorhang, der den Eingang bildete. Davor saß eine Frau an einem Tisch, von der man nur den Oberkörper sah. Unter dem Tisch, wo die Beine der Frau hätten sein müssen, konnte man hindurchsehen bis zum Vorhang.

»Das ist ein Trick mit Spiegeln«, wusste Michael aus einer Sendung über Zaubertricks.

»Ich weiß«, grinste Rianna. »Trotzdem …«

Sie lief hinauf auf die Bühne, an dem verdutzten Mann vorbei, lächelte die Frau an, zog ihre Hosenbeine hoch, sodass man ihre Titanbeine sehen konnte, und sagte: »Hallo, Schwester, wenn du ein Problem hast, kann ich dir einen Satz Beine leihen!«

Der Kopf der Frau lief rot an. Der Mann hatte mit seinem Mikro dicht neben Rianna gestanden, sodass alle in der Nähe sie gehört hatten. Unter großem Gelächter und Beifall sprang Rianna von der Bühne. Und Michael wusste: Noch nie hatte er ein Mädchen so sehr gemocht wie Rianna.

Steht auf
und frühstückt!
nutella
www.nutella.de

JEDEN MONTAG NEU!
34 17.08.2009
WALT DISNEY
MICKY MAUS
MAGAZIN
→ BEZIEH DEIN EIGENES HAUS AUF
WWW.MICKY-MAUS.DE
© Disney